La drôle d'histoire des Enfants Raspail

De la même autrice, en grand format :

Le mot d'Abel

Vivre ses vies

De la même autrice, en Rageot romans :

Le mot d'Abel

Des parents de rechange

VERONIQUE PETIT

La drôle d'histoire des Enfants Raspail

RAGEOT

Cet ouvrage a été imprimé sur un papier
issu de forêts gérées durablement,
de sources contrôlées.

Couverture : Giulia Tomai
Mise en page : Bertille Mennesson

ISBN : 978-2-7002-7558-2

L'inquiétant retard de maman

ALLUMÉE. ÉTEINTE.

Le nez collé à la fenêtre de sa chambre, Pablo contemplait l'enseigne clignotante de la pizzeria d'en face.

ALLUMÉE. ÉTEINTE.

Vingt-deux clignotements par minute, pas un de plus, pas un de moins. Ça tombait plutôt bien, Pablo n'aimait pas les surprises. Ou à la rigueur les bonnes surprises, mais à condition qu'elles soient vraiment bonnes, et que surtout, surtout, elles ne viennent pas bouleverser sa vie.

ALLUMÉE. ÉTEINTE.

Sa mère était en retard. De vingt-six minutes. Et ce retard inquiétait Pablo. Habituellement, sa mère n'était jamais en retard. Ou alors, s'il lui arrivait de rentrer dix minutes après l'heure prévue, elle l'appelait sur son portable pour le prévenir. Elle n'appelait pas Zélie qui était trop petite, ni Garance qui aurait grogné qu'on la dérange pour si peu, ni César qui ne se serait même pas aperçu de son absence, non, elle l'appelait, lui, Pablo.

Pablo soupira et regagna son bureau. Il sortit un livre. Mais impossible de se concentrer. Vingt-huit minutes de retard. Il prit sa bouteille d'eau, arrosa Léon, son bonsaï, puis caressa ses feuilles. Il lui sembla sentir Léon frémir sous ses doigts.

Il évitait d'en parler parce qu'on le traitait de cinglé, mais les plantes communiquaient volontiers avec les hommes, il suffisait d'être très attentif. À moins qu'elles ne le fassent qu'avec lui, il ne savait pas trop.

Soudain, à l'étage du dessous, la porte d'entrée grinça. Pablo sauta de sa chaise. Trente et une minutes. Il se précipita dans le couloir.

– Ah, c'est toi, dit-il déçu en découvrant César.

– Moi aussi je suis content de te voir, lui répondit son frère.

– Maman est en retard.

– Ah bon ? De combien ? Trente-trois secondes ?

– Ah ah ah, grogna Pablo.

César lança son blouson sur le portemanteau, manqua sa cible. Pas grave, il le ramasserait plus tard.

– Ton blouson ! protesta Pablo.

Mais César avait déjà disparu dans sa chambre. Pablo essaya d'ignorer le blouson sur le sol. Il tint à peine trois secondes avant de se précipiter sur le vêtement et de le suspendre – Pablo n'aimait pas le désordre. Puis il alla chercher un arum dans le vase qui trônait sur la table du salon, et frotta consciencieusement la fleur le long du dos du blouson. Quand la toile fut bien maculée de traînées jaunes, Pablo contempla le résultat, satisfait. Il voulait bien être gentil, mais quand même… Il remit la fleur dans le vase, s'installa sur le canapé, la porte du salon ouverte de façon à avoir une vue imprenable sur l'entrée.

Puis il attendit.

– Maman est où ? finit par s'inquiéter Zélie, traînant par un bras sa poupée à moitié nue.

Pablo vérifia sa montre. Zélie était la première après lui à s'apercevoir du retard de leur mère. Il lui avait fallu quarante-quatre minutes exactement.

– Je ne sais pas, répondit-il.

La fillette le rejoignit sur le canapé et s'amusa à enfoncer du bout des doigts les yeux de sa poupée. Le premier œil tomba dans la tête en plastique, la transformant en grelot.

– Mais qu'est-ce que tu fais ? s'écria Pablo.

– Je m'ennuie, répondit Zélie. C'est l'heure du bain, et maman est pas là.

– Mais ça ne se fait pas de torturer sa poupée !

– Pourquoi ? Elle sent rien, en vrai elle est même pas vivante, tu savais pas ?

– Mais…

– Et c'est encore plus amusant qu'enlever les bras de mes Barbie. Tu veux essayer ?

Pablo contemplait sa sœur, les yeux écarquillés. Zélie lui tendait sa poupée, sourire angélique aux lèvres. Des fois, cette gamine lui faisait peur.

Zélie cala sa tête sur son épaule et pressa la télécommande. Elle zappa de chaîne en chaîne, jusqu'à tomber sur une série de vampires.

– 'tain, elle est où ? retentit alors la voix de Garance.

Un ouragan débarqua dans le salon, poings serrés, longue chevelure en bataille, joues rougies d'indignation.

– Qui ? demanda Pablo.

– Maman !

Pablo consulta sa montre. Cinquante-neuf minutes.

– Elle est perdue, expliqua Zélie.

– Vous savez ce qu'elle a fait ? éructa Garance sans écouter sa sœur. Elle a rangé mon armoire !

– Elle a osé ? la railla Pablo.

– Ouais, elle a osé, continua d'aboyer Garance. Et je ne retrouve plus RIEN. Pourtant, elle sait qu'elle n'a pas le droit de toucher à mes affaires.

– Maman a disparu, lança Pablo.

– Hein ?

– Une heure et une minute de retard.

– Oh mais arrête, rétorqua Garance, elle a dû rencontrer quelqu'un. Un nouveau mec, tiens, ce serait peut-être temps qu'elle s'en trouve un.

Zélie arracha d'un coup sec la tête de sa poupée.

– Non, moi je veux pas de nouveau papa, s'écria-t-elle.

La tête atterrit sur les genoux de Pablo. Elle le fixait de son œil unique.

– D'abord, t'as essayé de l'appeler ? reprit Garance.

– Bien sûr que j'ai essayé ! dit Pablo. Dès qu'elle a eu trois minutes de retard.

– Et alors ?

– La sonnerie de son portable a retenti dans la cuisine, elle a oublié de le prendre ce matin.

– Ah, c'est bien ce que je disais, elle est dans la lune. La preuve qu'elle a rencontré quelqu'un !

La jambe droite de la poupée partit rejoindre la tête borgne sur les genoux de Pablo.

– Zélie ! grogna Pablo. On ne met pas ses poupées en pièces.

– Mais puisque ça lui fait même pas mal !

Garance se laissa tomber sur le canapé à côté de son frère. Elle se sentait encore trop en colère pour être réellement inquiète, mais quand même, il fallait être lucide : sa mère, un nouvel amoureux… En vrai, elle n'y croyait pas. Il aurait déjà fallu qu'elle soit un peu plus coquette, et aussi un peu plus souriante, et bien sûr qu'elle sache s'habiller un minimum, parce que là, là…

Sur l'écran, les vampires étaient en train de se livrer à une danse rituelle (oui, oui, il existe bien des danses rituelles chez les vampires), sous le regard hypnotisé de Zélie.

– Mais c'est quoi, ça ? Vraiment trop nul ! s'exclama Garance.

Elle s'empara de la télécommande et zappa, jusqu'à trouver une émission de téléréalité.

– Moi j'veux les vampires, réagit aussitôt Zélie en se jetant sur sa sœur pour essayer de reprendre la télécommande.

Pablo se plaqua les mains sur les oreilles. Il n'aimait pas les disputes, ni les cris. Il se leva et s'apprêtait à quitter le salon quand il se cogna à César.

– Mais enfin elle est où, maman ? s'écria ce dernier. C'est l'heure de dîner et il n'y a rien de prêt. J'ai faim, moi !

Pablo vérifia sa montre : une heure et treize minutes de retard.

La lointaine île de papa

Il était à présent vingt heures, heure à laquelle, dans la petite ville de province où habitait la famille Raspail, les rues se transformaient en désert. Seules quelques rares voitures venaient encore troubler le silence de cette soirée hivernale.

– Il commence à neiger, lança César en soulevant le rideau.

Pablo songea à sa mère et frissonna.

– Si au moins on savait qui était sa dernière cliente, on aurait pu l'appeler pour lui demander à quelle heure maman est partie de chez elle, lâcha-t-il.

Leur mère était coiffeuse à domicile, experte en vieilles dames à cheveux gris-bleu.

– On attend encore une heure et on appelle la police, décréta Garance.

– Pourquoi une heure ? demanda Pablo.

– Parce que ça ne sert à rien de se presser, maman est une adulte et les adultes ont le droit de disparaître vingt-quatre heures avant que les policiers se lancent à leur recherche, répondit Garance qui regardait beaucoup de séries policières.

Ou c'était peut-être quarante-huit heures, elle ne se souvenait plus très bien.

– Vingt-quatre heures ! s'exclama César. Et qu'est-ce qu'on va manger en attendant ?

– Mais si elle a tant beaucoup d'heures d'avance sur la police, ce sera pas facile de la retrouver, se lamenta Zélie.

Elle était à présent assise en tailleur sur le canapé, sa poupée sans tête serrée contre sa poitrine, comme un bouclier.

Pablo essayait quant à lui de contenir sa main droite, qui ne cessait de s'ouvrir, de se fermer, de s'ouvrir, de se fermer, en un tic incessant. Dans les scénarios catastrophe qu'il se faisait tous les soirs pour se préparer au pire, il avait déjà envisagé beaucoup de choses terribles. Que Garance et maman se disputent si fort que leur mère soit obligée d'envoyer Garance vivre aux antipodes avec leur père. Que César finisse par s'étouffer avec un plat de spaghettis ou de cannellonis ou de gnocchis, enfin avec un plat en « i ». Que Zélie, après avoir fini d'arracher tous les membres de ses Barbie, ne vienne une nuit s'attaquer à leurs propres bras et jambes, sans parler bien sûr de leur tête, mais là, il préférait ne pas y penser. Trop gore.

Mais que leur mère disparaisse, ça, non, il ne l'avait encore jamais envisagé.

– Allez, arrêtez de paniquer, lança César. Je suis allé vérifier, il reste du gratin d'hier dans le frigo. Je l'ai mis au micro-ondes, il sera chaud dans cinq minutes.

Il se laissa tomber dans le canapé et attrapa sa console pour passer les cinq minutes qui le séparaient de son dîner.

– Que tu restes le ventre vide, c'est vraiment tout ce qui t'inquiète ? réagit Garance.

César haussa les épaules.

– Ben quoi ? Ça ne vous est jamais arrivé, à vous, de ne pas faire attention à l'heure et de rentrer en retard ?

– Non ! s'offusqua Pablo.

Être en retard ? Quelle idée ! Le micro-ondes tinta. César sauta sur ses pieds. C'est alors que la sonnerie du téléphone retentit à son tour. Zélie se précipita dans l'entrée où se trouvait le combiné.

– Allô ! C'est qui ?... Un vrai hôpital, où on répare les têtes arrachées ?

– Donne-moi ça ! la bouscula sa sœur en lui prenant le combiné. Allô ?... Oui, je suis bien sa fille.

Pablo vit sa sœur pâlir. Il sentit une sueur glacée le recouvrir.

– Euh, quatre enfants... Nos âges ? Mon frère aîné a treize ans, j'en ai douze, mon autre frère dix et ma petite sœur quatre.

– Et demi ! hurla Zélie. J'ai quatre ans et demi !

– ... Euh, non, non, nous ne sommes pas seuls, notre père est là, poursuivait Garance.

– Mais non, papa est pas là ! protesta Zélie, il est au Zantipode.

Pablo la bâillonna de sa main.

– D'accord, on viendra demain. Au revoir.

Garance raccrocha. Elle resta quelques secondes immobile avant de se retourner lentement, les traits figés.

– Maman a eu un accident, elle est dans le coma, annonça-t-elle d'une voix blanche.

Pablo se mit à trembler. Le temps venait de s'arrêter.

– C'est quoi, le coma ? demanda Zélie.

– C'est comme si elle dormait, dit Garance.

– Ben alors, c'est pas grave, elle va se réveiller.

– Le problème, c'est qu'on ne sait pas quand.

– Peut-être demain ? proposa Zélie.

– Ou dans un an, ou dans dix ans, ou jamais ! s'emballa Pablo.

– Jamais, c'est comme si on est mort ? dit Zélie.

– Pablo ! protesta Garance. Ne l'écoute pas, Zélie, le coma de maman ne va pas durer très longtemps.

Zélie serra un peu plus fort contre sa poitrine sa poupée sans tête.

– Pourquoi tu as dit que papa était avec nous ? lança-t-elle d'une toute petite voix.

– Parce que sans ça, qu'est-ce que tu crois qu'ils auraient fait de nous ?

– Ils nous auraient mangés ? suggéra Zélie effrayée.

– Non, mais on n'a pas d'autre famille. Mamie et papi sont morts, maman est fille unique et papa orphelin. Donc ils nous auraient mis dans un foyer, expliqua Garance.

– Je suis sûr que la nourriture n'y est pas terrible, déclara César en avalant une bouchée de gratin.

– Le plus horrible dans un foyer, c'est les éducateurs, frémit Garance. Tout le temps sur ton dos, encore pires que maman.

– Et on aurait été séparés, lança Pablo.

Or, s'il y avait bien une chose qu'il détestait, c'était les changements.

– Il ne reste plus qu'à contacter papa en Nouvelle-Zélande, poursuivit-il.

– Pourquoi la Nouvelle-Zélande ? s'étonna Garance.

– Maman a dit qu'il était parti aux antipodes. Et le pays à l'antipode de la France, c'est la Nouvelle-Zélande.

– J'y crois pas ! Un QI de petit génie, et il n'a même pas compris ça, se moqua César.

– Je n'ai pas compris quoi ?

– Que c'était une façon de parler ! Papa s'est barré avec une autre nana, personne ne sait où il est. De toute façon, maman ne veut plus qu'on prononce son nom.

Pablo sentit quelque chose se casser en lui. Le morceau de cœur où il avait rangé son père. Il se força à ne pas penser à toutes ces soirées passées à étudier sur son ordinateur les différentes îles qui constituent la Nouvelle-Zélande, détaillant chaque paysage, juste pour se sentir un peu plus proche de lui.

Son père envolé, sa mère endormie.

À côté de lui, Zélie essayait à présent de remboîter la tête de sa poupée borgne sur son cou, César étouffait un rot devant son assiette vide et Garance venait de s'installer dans le fauteuil de maman, le rouge en velours, ses bras sur les accoudoirs, ses pieds sur le repose-pieds, là où hier encore reposaient les bras et les pieds de leur mère.

La longue nuit des enfants Raspail

Les enfants Raspail habitaient les Hauts Quartiers, tout près du centre-ville, dans une vieille bicoque étroite et haute, aux murs assombris par la pollution.

Une maison coincée entre deux immeubles, seul vestige des temps passés parmi les barres rectangulaires de cette rue. Leur mère l'avait héritée de sa grand-mère, et Pablo y avait toujours vécu – ça tombait bien, il aurait détesté l'idée de déménager.

Sur le mur, juste à côté de la porte d'entrée, on pouvait lire cette inscription sculptée en fer forgé :

MON DOUX RÊVE

La rouille avait attaqué le fer et laissé de longues traînées orange sur la façade, qui, mélangées au noir des fumées de voiture, donnaient à présent au doux rêve de faux airs de cauchemar.

Dans sa chambre sous les toits, Pablo ne parvenait pas à dormir. Le front collé au carreau froid de la vitre, il scrutait la nuit et ses ombres. Sans la présence rassurante de sa mère, tout lui semblait menaçant. Tout, de la petite cour aux coins sombres au portail que de brusques rafales de vent faisaient couiner, sans oublier les quelques rares voitures qui roulaient trop lentement dans la rue – à la recherche d'une maison à cambrioler ? –, et jusqu'à l'enseigne lumineuse de la pizzeria d'en face, dont le clignotement lui faisait songer cette nuit-là à une sirène d'ambulance.

Dans la chambre voisine, Zélie, les yeux grands ouverts, la couette relevée jusqu'au nez, essayait d'imaginer maman couchée dans son hôpital. Elle se demandait si les médecins avaient réussi à la réparer comme il faut, s'ils lui avaient bien remis chaque morceau à sa place, et pas son bras droit à la place de son bras gauche. Comment maman arriverait-elle à coiffer les vieilles dames si on lui avait mélangé ses bras ?

À l'étage du dessous, Garance étouffa un bâillement. Il était deux heures du matin, elle devait peut-être songer à éteindre la télé et à aller se coucher. Mais pour une fois qu'elle pouvait en profiter ! Si ça se trouve, demain, sa mère serait rentrée, et le couvre-feu serait à nouveau de rigueur. Pas d'écran après vingt-deux heures ! De quoi halluciner. Garance s'était repassé en boucle la conversation téléphonique qu'elle avait eue avec l'infirmière. Si sa mère avait réellement été si mal, elle l'aurait senti dans la voix de l'infirmière, n'est-ce pas ? Mais là, non, elle n'avait rien senti du tout. La preuve qu'il ne s'agissait que d'un petit coma, de ceux dont on se réveille au matin, frais comme un esquimau. Rien de grave, pas de quoi paniquer, surtout pas.

La porte de la chambre d'à côté s'ouvrit doucement. À pas de loup, César traversa le couloir et gagna la cuisine. Il ouvrit le frigo et termina le gratin de pâtes. Il avait décidément trop faim. La faute aux émotions, peut-être.

Le matin surprit Pablo le front toujours scotché à la vitre glacée, dormant debout, Zélie serrant contre sa poitrine son ours en peluche manchot et sa poupée borgne, dont son frère l'avait aidée à remboîter la tête, Garance endormie sur le canapé devant la télé restée allumée, et César… César s'était en fait levé dès l'aube, pour prendre son petit-déjeuner. Il avait trop faim.

Le petit arbre qui veillait sur maman

– C'est quand qu'on va voir maman ? demanda Zélie devant son bol de lait.

Elle attrapa le paquet de céréales, il était vide. Pas grave, elle n'avait pas très faim. Et s'ils réparaient maman avec les morceaux d'une autre dame ? S'ils leur rendaient une maman mélangée, avec un bras ou une jambe qui n'était pas à elle ?

– Dès qu'on sera prêts, répondit Garance.

Elle buvait lentement son chocolat chaud. Pour une fois qu'ils avaient tout leur temps…

– Mais on est mardi, on va rater les cours ! s'écria Pablo.

– Ah, cool ! s'exclama César.

Il étendit ses pieds sous la table, cala ses coudes sur la toile cirée, et savoura son pain au chocolat.

– Pablo, ne me dis pas que tu fais passer le collège avant maman ! lança Garance.

– Si on ne va pas en cours, rétorqua Pablo, le collège va appeler et demander à parler à maman. Et qu'est-ce que vous croyez qu'il va se passer quand ils comprendront qu'on est tout seuls ?

– On va aller en prison ? paniqua Zélie.

– Non, mais c'est tout comme, on ira en foyer, reconnut Garance.

Elle souffla sur sa longue frange, qui se souleva avant de retomber sur son front. C'était bien leur veine. Pour une fois qu'ils n'avaient pas l'adjudant-chef sur le dos !

César entama sa quatrième tartine.

– On n'aura qu'à dire que notre père est là, mais qu'il est sous la douche, lança-t-il la bouche pleine.

– Et quand ils rappelleront vingt minutes plus tard, puis une heure, puis encore deux heures plus tard, tu leur diras quoi ? objecta Pablo. Qu'il est toujours sous la douche parce qu'il était vraiment très très sale ?

César se gratta le crâne.

– Ben... euh...

– Pablo a raison, on n'a pas le choix, admit Garance. On ira voir maman ce soir après les cours. Bon, qui emmène Zélie à l'école ce matin ?

César se leva et appuya ses poings sur la table :

– C'est moi qui...

– Parfait ! lancèrent Pablo et Garance en quittant la cuisine.

– Eh ! protesta César. J'ai pas fini !

Il soupira, se coupa une nouvelle tranche de pain et la tartina de Nutella.

– Je voulais juste dire que c'est moi qui décide parce que je suis l'aîné, marmonna-t-il en se rasseyant.

Zélie prit sa poupée borgne et l'agita devant son ours manchot.

– Je suis les nez, c'est moi qui décide, déclara la poupée.

– Tu es peut-être les nez, mais t'es pas les yeux, répondit l'ourson. Et pourquoi ce serait pas les yeux qui décident de qui va remplacer maman ?

– Parce que les nez sont plus forts que les yeux, c'est comme ça. Et tu veux savoir pourquoi ? Un nez, c'est pas comme un zyeux, un nez, ça peut pas se fermer, même pas avec du coma, jamais, jamais, jamais, jamais, s'énerva Zélie en enfonçant à l'intérieur de la tête rafistolée de la poupée son second œil.

Après leur dernier cours de la journée, Pablo, Garance et César allèrent ensemble chercher leur sœur qui les attendait dans sa salle de classe. Ils la trouvèrent assise seule à une petite table, tandis que les cinq élèves restants se serraient autour d'une table à l'autre bout de la pièce.

– Tiens, ce n'est pas votre maman aujourd'hui ? les accueillit l'enseignante.

– Non, elle avait un empêchement, répondit Garance.

– Et papa est sous la douche parce qu'il est très très sale, compléta Zélie.

La maîtresse écarquilla les yeux.

– Je croyais que vos parents étaient…

– ... séparés, oui, dit César, mais ils refont un essai. Vous comprenez, papa avait trop envie de goûter à nouveau aux vrais repas de famille.

– C'est une bonne nouvelle ! s'exclama l'enseignante. Peut-être que ça stabilisera un peu votre sœur, parce qu'elle a encore mordu une de ses camarades cet après-midi. Il faut absolument que je parle à l'un de vos parents.

– Pas de problème, on le leur dira, déclara Garance.

Ils sortirent et gagnèrent l'Abribus.

– Zélie, tu crois vraiment que c'est le moment de mordre tes copines, parce que là, là… s'énerva Garance.

– Peut-être qu'elle avait faim ! ricana César.

– Elle ne voulait pas que je joue avec sa poupée, se défendit Zélie.

– Tu m'étonnes, soupira Pablo.

– Oui, bon ben maintenant, tu as intérêt à te tenir tranquille si tu ne veux pas qu'on aille en prison, enfin je veux dire en foyer, lança sa sœur.

Le bus arriva, et les déposa dix minutes plus tard devant l'hôpital.

Pablo contempla bouche bée l'énorme bâtiment qui se dressait devant eux. Un bloc blanc gigantesque, troué d'innombrables fenêtres, et entouré d'un parking étouffant sous les voitures. Pablo se demanda derrière laquelle de ces fenêtres se cachait sa mère, mais très vite, le vertige le gagna. Trop de fenêtres, trop de chambres, trop de malades. C'est alors qu'il remarqua un arbre, un petit arbre maigre, qui essayait de croître au pied du parking, malgré le goudron, les pots d'échappement, la tristesse et les microbes. Ses branches, timides, caressaient la façade de l'hôpital. Il courut jusqu'à lui.

– Eh ! Qu'est-ce que tu fais ? cria Garance.

Il posa délicatement ses mains sur le tronc rachitique et sentit la vigueur de l'arbre sous ses doigts, une vigueur que sa petite taille n'aurait jamais laissé soupçonner. Alors Pablo se sentit apaisé. L'arbre veillait.

– Bon, tu viens ? s'impatienta César.

Pablo se détacha du tronc et suivit ses sœurs et son frère jusqu'à l'entrée principale.

Ils pénétrèrent dans l'hôpital.

Interdit aux enfants de moins de quinze ans

Ils se trouvaient à présent dans un vaste hall, au sol et aux murs aussi blancs qu'une blouse de médecin.

– Vous avez vu ? Il y a un distributeur de barres chocolatées, lança César.

– Entre le zinzin des plantes et l'obsédé du ventre, je suis bien entourée, moi, marmonna Garance.

Elle attrapa le bras de César pour le traîner jusqu'à un tableau indicatif, situé à côté de l'ascenseur.

– Service réanimation, deuxième étage, lut-elle.

L'ascenseur les conduisit dans un couloir sombre, percé d'une dizaine de portes, toutes closes.

– Je crois qu'on y est, dit Pablo.

Il était en train de se demander derrière laquelle de ces portes se cachait sa mère quand une infirmière sortit de l'une des chambres.

– Excusez-moi, l'interpella Garance.

– Oui ?

– On cherche la chambre de notre mère, Coralie Raspail.

Un sourire se dessina sur les lèvres de l'infirmière.

– Ah oui, c'est moi que vous avez eue au téléphone. Votre père est avec vous ?

– Euh… non, il a eu un empêchement, répondit Garance.

– On lui dira de venir la prochaine fois, dit César. Bon, elle est où, la chambre de notre mère ?

La femme les dévisagea, les uns après les autres.

– Les visites au service réanimation ne sont pas autorisées pour les enfants de moins de quinze ans, déclara-t-elle.

– Et on ne peut pas faire une exception ? proposa César. J'ai presque quinze ans, moi.

L'infirmière s'attarda sur ce grand garçon costaud au visage encore poupin. Toujours un enfant dans un presque corps d'homme.

– Je ne crois pas, non, rétorqua-t-elle.

– On peut au moins avoir des nouvelles ? insista Garance.

– Demandez à votre père d'appeler.

– Mais enfin dites-nous comment elle va ! s'énerva Pablo. Pourquoi vous ne voulez rien nous dire, hein, pourquoi, pourquoi, pourquoi... ?

Il tremblait de tout son corps. Garance posa une main sur son épaule pour le calmer. Attiré par les cris de Pablo, un homme, sourcils épais et barbe légère, jaillit d'un bureau.

– Que se passe-t-il, Mathilde ? demanda-t-il à l'infirmière.

– La mère de ces enfants est dans notre service, et ils veulent la voir.

L'homme examina à son tour les quatre enfants.

– Bon, attendez-moi ici, leur dit-il en leur désignant une petite salle. Je reviens.

Il disparut dans le fond du couloir avant de réapparaître cinq minutes plus tard. Il s'assit face aux enfants.

– Je suis Franck Renard, assistant social dans cet hôpital, expliqua-t-il. J'ai parlé avec l'équipe médicale qui s'occupe de votre mère. Suite à son accident, elle est actuellement dans un coma léger.

– Alors ce n'est pas grave ? lança Garance.

– Les médecins sont confiants, répondit Franck Renard.

– Maman va rentrer quand à la maison ? dit Zélie.

– C'est difficile à dire. Elle peut sortir de son coma très vite, mais ça peut aussi durer plusieurs jours, voire plusieurs semaines.

– Et statistiquement ? lança Pablo.

L'assistant social soupira.

– Coma et statistiques ne sont pas très copains, répondit-il.

Il dévisagea à nouveau les enfants d'un regard perçant.

Pablo se ratatina sur sa chaise. Il avait l'impression que l'assistant social pouvait lire jusqu'à ses moindres pensées.

– Pourquoi votre père n'est-il pas avec vous ? demanda lentement Franck Renard.

– Il travaille, il ne pouvait pas venir, affirma Garance en le fixant droit dans les yeux.

– Il travaille... répéta l'assistant social. Et pourquoi n'a-t-il pas téléphoné pour prendre de ses nouvelles ?

– Il travaille vraiment beaucoup, dit Garance.

– Au point qu'il a à peine le temps de manger, compléta César.

– Et au point de ne pas même trouver cinq minutes dans une journée pour prendre des nouvelles de sa femme ? rétorqua Franck Renard. Rassurez-moi, votre père vit bien avec vous ?

– Avant il était au Zantipode, mais plus maintenant, glissa Zélie.

L'assistant social fronça les sourcils.

– Vous direz à votre père que je veux le voir demain soir, déclara-t-il.

– Sinon ? le provoqua Garance.

– Sinon j'en tirerai les conclusions qui s'imposent, conclut Franck Renard.

La menace qui planait sur les enfants Raspail

Les enfants avançaient en silence, chacun méditant les dernières paroles de l'assistant social. Ils avaient décidé d'ignorer le bus. Trop besoin de marcher, tant qu'ils étaient encore libres. Ils passèrent devant une charcuterie, dans la devanture de laquelle une énorme tête de cochon, posée sur un plateau d'argent, les fixait de ses yeux globuleux.

– Beurk, lâcha Zélie.

Pablo resta figé devant la tête décapitée. Il ne parvenait pas à détacher son regard des oreilles de la pauvre bête, dans lesquelles se dressaient des petits bouquets de persil. Ces touches de verdure, plantées là comme des bijoux mortuaires, lui parurent particulièrement cruelles.

– Vous croyez qu'on sera obligés de manger des trucs aussi dégueu quand on sera au foyer ? demanda César.

– Au foyer, on n'y est pas encore ! lança Garance.

Non, bien sûr, ils n'y étaient pas encore. Mais ils y seraient sans doute demain soir, après être retournés à l'hôpital sans leur père.

L'humeur morose, Pablo enfila les rues piétonnes, à la suite de ses sœurs et de son frère.

– Une petite pièce, m'sieursdames, les interpella un homme devant la succursale d'une banque.

– Ah oui, je veux bien, répondit Zélie en lui tendant la main.

Le mendiant contempla la main tendue, décontenancé.

– Viens, Zélie ! la bouscula Garance.

– Mais pourquoi tu veux pas que le monsieur me donne une pièce ? protesta Zélie.

Devant l'air grave de sa grande sœur, Zélie n'insista pas. Elle se contenta d'arracher une fleur dans la jardinière d'un balcon et de la déchiqueter soigneusement, pétale après pétale.

Ils rejoignirent leur maison. Alors que Garance ouvrait la porte d'entrée, ils furent interpellés par une grande femme légèrement moustachue, Mme Auriel, qui habitait au premier étage de l'immeuble d'à côté.

– Bonjour les enfants, je n'ai pas aperçu votre maman aujourd'hui, tout va bien ?

– Très bien, merci, l'assura Garance.

– Elle dort beaucoup, répondit Zélie.

– Elle a bien raison, c'est important le sommeil, commenta la voisine.

Les enfants se dépêchèrent de disparaître à l'intérieur de la maison.

– Tu crois qu'elle se doute de quelque chose ? s'inquiéta Pablo.

Garance haussa les épaules.

– Peut-être pas encore, mais ça ne tardera pas. À force de nous épier et de nous voir seuls…

– Alors qu'est-ce qu'on fait ?

– Pour commencer, il faut qu'on s'organise pour ce soir, déclara sa sœur. César, tu t'occupes du dîner. Pablo, tu donnes son bain à Zélie. Et Zélie, tu rangeras ta chambre, c'est un vrai cimetière de poupées !

– Et toi, tu fais quoi ? rétorqua Pablo.

– Moi, je fais tout le reste, déclara Garance.

Elle avait le même ton autoritaire que prenait leur mère le soir quand elle rentrait du travail et qu'elle les trouvait traînant devant la console ou la télé, le salon en désordre et les devoirs pas faits (ceux des autres, pas ceux de Pablo, bien sûr). Aussi Pablo préféra-t-il garder pour lui sa réplique suivante (qui était, pour les curieux : « Et c'est quoi, tout le reste ? »).

– Je ne sais pas cuisiner, lança César.

Garance leva les yeux au ciel.

– Eh bien, tu regardes sur Internet. Tu vas bien trouver une recette de pâtes !

– Pourquoi elle s'énerve ? chuchota Zélie.

– Parce qu'elle a faim, répondit gravement César.

La drôle de tête de papa

Les pâtes étaient collantes et asphyxiaient sous le gruyère. Mais ni Pablo ni ses sœurs n'avaient le cœur à ce qu'ils mangeaient. Ils ingurgitaient leur gruyère aux pâtes mécaniquement, les yeux dans le vague, leurs pensées tournées vers l'effrayant foyer qui les attendait. Quant à César, il était si heureux d'être parvenu à cuisiner un plat tout seul qu'il le savourait les yeux mi-clos, comme s'il avait réussi l'exploit d'un chef étoilé.

– Vous aimez ? demanda-t-il.

Silence.

– Non mais sérieux, vous les aimez, mes pâtes ?

– Tu nous casses les pieds avec tes pâtes, réagit Garance. Tu ne crois pas qu'on a autre chose à faire qu'à jouer les critiques gastronomiques ?

– Vous pensez qu'au foyer, j'aurai le droit d'amener mes poupées ? interrogea Zélie, sa poupée aveugle et unijambiste calée à côté de son verre.

Pablo repoussa son assiette. Il n'avait soudain plus faim du tout.

– On n'ira pas dans ce foyer, déclara alors Garance.

– Ah oui ? Et comment tu comptes t'y prendre ? rétorqua Pablo.

– Fastoche. L'assistant social a dit qu'il voulait voir notre père. Mais il ne sait pas à quoi il ressemble.

– Il suffirait donc qu'on trouve un homme qui accepte de nous accompagner à l'hôpital en se faisant passer pour papa…

– T'as tout compris !

– Moi aussi j'ai jamais vu papa, lança Zélie.

– Mais si, Zélie, on t'a montré des photos, intervint César.

– Non, *une* photo, rectifia Pablo.

La seule, en fait, qui avait échappé à la furie destructrice de leur mère.

– Il était moche, il n'avait pas de cheveux et il avait une bouche d'ogre, commenta Zélie.

– Le portrait de César… susurra Garance.

– Eh ! J'ai des cheveux, moi. Et d'abord j'suis pas moche, je plais même beaucoup aux filles, ça t'épate, ça, hein ?

Pablo leva les yeux au ciel.

– Dis-moi plutôt où tu comptes le trouver, le suppléant de papa ? lança-t-il à Garance.

– Le quoi ? demanda César.

– Le suppléant. Le remplaçant, si tu préfères.

– Tu ne peux pas parler comme un garçon de ton âge ?

– Et toi réfléchir comme un ado plutôt que comme un gosse de deux ans en attente permanente de sa becquée ?

– Qu'est-ce qu'il dit ? demanda César en se tournant vers Garance.

Zélie sortit son ourson manchot de dessous son pull. Elle l'agita devant sa poupée.

– Tu sais quoi ? lança l'ourson à la poupée. Ce soir ils se disputent tous une dernière fois, parce que demain ils seront en prison-foyer et ils ne pourront plus se disputer ensemble jusqu'à ce que maman ait fini de dormir. T'imagines si elle dort pendant cent ans comme la Belle au bois dormant ?

– Zélie ! Je t'ai déjà dit que je ne voulais pas voir cette horreur à poils sur la table, protesta Garance. Il est bourré d'acariens !

Elle partit en une salve d'éternuements.

– Bon alors, tu proposes quoi pour le remplaçant de papa ? insista Pablo.

Garance éternua à nouveau avant de se moucher dans cet horrible mouchoir à fleurs, dont sa mère les obligeait à se servir sous prétexte que c'était plus écolo et moins cher qu'un mouchoir en papier. Non mais franchement, qui de nos jours utilisait encore des mouchoirs en tissu ?

– On pourrait embaucher quelqu'un, déclara Garance.

– Un acteur tu veux dire ?

– Pourquoi pas.

– Et tu comptes le trouver où, ton acteur ? Parce que je te rappelle que c'est pour demain soir, et qu'en plus on n'a pas d'argent.

Garance soupira.

– Je n'ai pas encore réfléchi à tous les détails, admit-elle.

– Ah non, ça c'est sûr !

Pablo se servit un verre d'eau qu'il avala d'un trait. Ce n'était vraiment pas malin de donner de faux espoirs. Lui, quand il faisait une proposition, il prenait auparavant le temps d'en mesurer le moindre aspect, d'en étudier les éventuelles conséquences, mais Garance, elle… toujours à parler et à réfléchir ensuite !

– Et pourquoi on ne demanderait pas à un voisin ? proposa alors César. Il y a Henry, il a plutôt l'air sympa.

Pablo et Garance haussèrent les épaules.

– Ben quoi ? réagit leur frère. Vous êtes jaloux de mon idée, c'est ça ?

– Mais César, Henry est noir, dit Garance.

– Et en plus vous êtes racistes !

Pablo soupira.

– Noir, reprit-il. Et nous, blancs. Tu ne vois pas le problème ?

– Je vois surtout que vous... Ah ! s'exclama César, comprenant enfin.

– C'est de toute façon impossible de trouver un remplaçant en si peu de temps, déclara Pablo d'une voix sombre. Demain soir, on dînera au foyer.

– Ce que tu peux être négatif, toi, alors ! répliqua Garance. Il nous reste une nuit et presque toute une journée, bien sûr que si, on va y arriver.

Pablo haussa les épaules. Si ça l'amusait d'y croire !

L'ombre du grand croquemitaine

Pablo avait couché Zélie et lui avait fait un bisou dans le cou, comme le faisait sa mère chaque soir. Il avait éteint la lampe de chevet et s'apprêtait à quitter sa chambre sur la pointe des pieds quand la lumière se ralluma.

– Je veux que tu me lises une histoire ! réclama Zélie.

– Zélie ! protesta Pablo. Il est tard, et je t'en ai déjà lu une !

Zélie était couchée sous une couette décorée de voitures, héritée de son frère. Seul dépassait son petit visage aux sourcils froncés, encadré par ses grosses boucles blondes. Alignés de chaque côté de son oreiller, l'ours manchot, la poupée aveugle et une demi-douzaine de Barbie éclopées, veillaient.

– Je veux une autre histoire. J'ai le droit, je suis petite et je suis triste.

Pablo soupira et prit un album sur une étagère.

– Non, pas celle-là, réagit sa sœur. Je veux une histoire qui se termine mal.

– Mais enfin Zélie, les histoires pour enfants de quatre ans…

– Et demi ! l'interrompit Zélie.

– D'accord. Les histoires pour enfants de quatre ans et demi ne finissent jamais mal !

– Mais si. Il y a l'ogre du *Petit Poucet* qui coupe la tête de ses sept filles, il y a le loup qui mange le Petit Chaperon rouge, il y a…

– C'est bon ! l'interrompit Pablo. Il y a surtout une fille de quatre ans et demi qui va finir par se faire dévorer par le grand croquemitaine si elle ne s'endort pas dans les dix prochaines minutes !

Zélie attrapa son ourson et le serra contre elle.

– C'est quoi le grand croquemitaine ? demanda-t-elle.

– C'est un ogre avec une bouche tellement grande qu'elle lui fait tout le tour de la tête. Le croquemitaine traverse les murs la nuit pour vérifier que les enfants dorment bien. S'il en trouve un éveillé, il commence par lui croquer un orteil, puis un deuxième, et comme ça jusqu'au dixième, avant de s'attaquer à ses mains, à son nez et ses oreilles.

– C'est même pas vrai, lança Zélie d'une voix effrayée.

Elle s'était enfoncée prudemment sous sa couette, et on ne voyait plus que ses deux grands yeux affolés.

– Ah oui ? Tu en es sûre ? Tu veux courir le risque ?

Zélie secoua la tête et serra un peu plus fort son ourson contre elle. Pablo éteignit une nouvelle fois sa lampe de chevet, et quitta la chambre de la fillette dans laquelle régnait à présent un silence de mort.

Il gagna sa propre chambre et posa comme chaque soir son front sur la vitre froide.

ALLUMÉE. ÉTEINTE.

Il lança le chronomètre de sa montre et commença à compter. Un, deux… quinze… vingt, vingt et un, vingt-deux clignotements en une minute, pas un de plus, pas un de moins. Cette régularité le rassura. Même si tout était en train de s'effondrer, même si demain ils étaient séparés et loin d'ici, l'enseigne de la pizzeria continuerait à clignoter, allumée, éteinte, vingt-deux fois par minute, veillant sur sa maison, veillant sur sa famille dispersée, attendant fidèlement leur retour. Comme un phare.

Pablo se détacha de la fenêtre. Il arrosa Léon et caressa les feuilles du bonsaï. Il sentit Léon frémir, comme s'il ressentait sa propre angoisse. Il finit par rejoindre son lit. Il se recroquevilla sous sa couette et ferma les yeux. Comme le sommeil ne venait pas, il imagina sa mère assise au bord du lit comme elle le faisait parfois, lui murmurant qu'il était son petit génie, son espoir et sa fierté. Alors, doucement, Pablo sentit son corps se détendre et le sommeil l'envelopper.

Il était plongé dans un rêve empli d'enseignes clignotantes et d'arbres aux longues branches rassurantes quand un cri aigu le réveilla en sursaut.

Le cœur battant, il se redressa.

Le cri venait de la chambre de Zélie. Pablo s'y précipita et trouva Zélie terrorisée et en larmes, blottie contre Garance.

– Non mais ça ne va pas la tête de lui raconter des histoires pareilles ! s'exclama Garance. Un croquemitaine ! Enfin qu'est-ce qui ne va pas chez toi ?

– Ben... je... C'était pour que... bafouilla Pablo.

– Zélie, ça n'existe pas, les croquemitaines !

– Si, ça existe, lança Zélie entre deux reniflements. J'ai regardé par la fenêtre et j'en ai vu un devant la maison, qui fouillait dans les poubelles de la pizzeria.

– Mais non, ce n'était pas un croquemitaine, c'était un...

Garance s'interrompit, un sourire de triomphe éclairant soudain son visage.

– Quech quich pache ? demanda César, la bouche pleine.

Il venait d'apparaître, un pain au chocolat à demi entamé dans une main, une banane dans l'autre.

– Mais tu ne penses vraiment qu'à ça ! s'écria Garance.

– Ben quoi ? Chuis en pleine croichanche, moi. Alors quech quich pache ?

– Je crois bien que j'ai trouvé la solution ! lança sa sœur.

– Et c'est quoi ? demanda Pablo.

– On est au milieu de la nuit, je vous expliquerai demain matin.

– Garance ! protesta Pablo.

– Demain matin, répéta sa sœur.

Pablo haussa les épaules. De toute façon, les bonnes idées de Garance, on les connaissait…

La grande idée de Garance

Garance s'était levée la première et avait préparé le petit-déjeuner. Elle chantonnait à présent dans la cuisine en grignotant une tartine. Elle alluma la radio afin de couvrir les bruits des camions de livraison, qui à cette heure venaient combler les stocks des différents commerces de la rue. Une musique énergique se répandit dans la pièce. Garance se retint pour ne pas se lever de sa chaise et se mettre à danser. Grâce à son idée géniale, elle allait sauver sa famille, elle, et pas l'aîné chéri, ni le petit génie, ni la benjamine qui du haut de ses quatre ans parvenait encore à attendrir l'adjudant-chef... Non, elle, Garance Raspail, qui n'attendrissait plus personne depuis longtemps, et certainement pas sa mère.

Pablo fut le premier à apparaître, les yeux encore gonflés de sommeil. Il s'assit sans un mot devant son bol et attrapa son müesli. Zélie le suivit de peu, traînant son ours manchot par une patte. Elle se hissa sur sa chaise et installa sa peluche sur ses genoux. Garance ouvrit la bouche pour protester mais se ravisa, elle était de bonne humeur aujourd'hui.

– Bien dormi ? lança-t-elle.

– Pfff, grognèrent en chœur Pablo et Zélie.

César arriva à son tour, seulement vêtu d'un caleçon, le torse nu.

– Tu pourrais enfiler quelque chose, ça craint ! l'accueillit sa sœur.

Heureusement qu'elle était de bonne humeur.

– J'ai renversé un peu de soda sur mon pyjama, expliqua César, et je n'ai plus de maillot propre. Il va falloir que tu penses à faire une lessive, Garance.

La bonne humeur de Garance baissa aussitôt de plusieurs degrés.

– Pourquoi moi ? demanda-t-elle sèchement.

– Parce que c'était maman qui les faisait. Et que moi je ne sais pas.

– Tu sais lire, non ?

César haussa les épaules.

– Eh bien, tu ouvres le mode d'emploi de la machine à laver et tu apprends !

– Et d'abord pourquoi c'est toujours toi qui commandes ? se rebiffa César. C'est moi l'aîné !

– Plains-toi ! rétorqua Garance. Maman est l'aînée de nous tous, et c'est elle qui faisait tout. C'est ce que tu veux ?

– C'est bon, marmonna son frère.

Zélie se pencha à l'oreille de son ourson.

– C'est peut-être lui les nez, mais c'est elle les bouches, lui murmura-t-elle. Et les bouches c'est rempli de mots, alors que les nez, c'est que rempli de trucs qu'on mouche.

Garance se beurra une autre tartine. À la radio, les infos avaient remplacé la musique.

Deux nouvelles maisons avaient été cambriolées dans la ville durant la nuit, ce qui portait à six le nombre de cambriolages depuis le début du mois.

Garance vit Pablo froncer les sourcils. Si elle n'y prenait pas garde, ce cambrioleur allait lui voler la vedette !

Elle se leva et éteignit la radio.

– Ben alors, elle ne vous intéresse pas l'idée géniale que j'ai eue cette nuit ? s'exclama-t-elle.

– Dis toujours, soupira Pablo.

Décidant d'ignorer le ton sceptique de son frère, elle déclara :

– Je sais où on va trouver l'homme qui va jouer le rôle de papa.

– Ah oui ? Et où ?

– On va embaucher un clochard ! triompha-t-elle.

Un grand silence accueillit sa proposition.

– Ne vous battez surtout pas pour m'applaudir, marmonna-t-elle.

– C'est quoi, un clochard ? demanda Zélie.

– Tu sais, c'est comme le gentil monsieur qui voulait te donner une pièce hier, lui répondit Pablo.

– Ah ouais ! s'exclama Zélie.

Garance fusilla son frère du regard.

– Zélie, n'écoute pas Pablo, il dit n'importe quoi. Un clochard est un homme qui dort dehors et qui demande de l'argent aux gens pour pouvoir manger.

– Tu penses vraiment que papa ressemble à un clochard ? s'écria César.

Garance leva les yeux au ciel.

– Évidemment qu'on ne va pas l'emmener à l'hôpital en l'état ! On va d'abord le relooker.

– Et tu crois qu'il acceptera ? rétorqua Pablo.

– C'est un clochard ! On lui propose un bon bain, des habits propres et un repas chaud ! Pourquoi il refuserait ?

– Peut-être parce qu'il a sa dignité ?

Garance ricana. Sa dignité, un clochard ! Et dire que c'était Pablo qu'on traitait de petit génie.

Un candidat pour le rôle de papa

Ils avaient la journée pour parvenir à convaincre un clochard de les suivre et lui redonner l'allure qui convenait à un père. Depuis maintenant une bonne heure, ils arpentaient les rues de la ville, mais les clochards n'étaient hélas (pour eux) pas aussi nombreux dans leur petite ville de province qu'ils pouvaient l'être dans les mégapoles. Ils avaient déjà éliminé de leur liste un vieillard, un grand gamin tout juste sorti de l'enfance, et un homme qui aurait eu l'âge parfait mais qui parlait une langue inconnue d'eux.

Ils avançaient à présent dans une rue piétonne, bordée de commerces – des magasins de vêtements pour l'essentiel, à l'exception de deux pâtisseries de la devanture desquelles ils avaient dû arracher César. Devant une boutique de lingerie, un homme était assis, le regard azur, le sourire doux, un chapeau posé à l'envers devant lui pour appeler aux dons.

– Je veux celui-là ! décréta Zélie.

– On ne montre pas les gens du doigt ! protesta Pablo.

Garance observait l'homme, tout en réfléchissant.

– Non, finit-elle par lancer. Il est trop grand, il n'entrera jamais dans les habits de César.

– Pourquoi il devrait rentrer dans mes habits ? protesta son frère.

– Parce que si on ne le relooke pas avec tes vêtements, on devra le faire avec ceux de Pablo, et là, c'est un nain qu'il nous faudrait trouver.

– Mais pourquoi on ne lui en achète pas de… commença César avant de s'interrompre.

D'accord, pas de sous. Mais quand même, ses habits à lui !

Ils avaient quitté les rues piétonnes et déambulaient à nouveau sur le boulevard, point de départ de leur quête.

– Je crois qu'on a fait le tour et qu'on n'a trouvé personne, remarqua Pablo.

C'était fini, bientôt le foyer. Il sentit une boule de larmes grossir dans sa gorge.

– Lui ! déclara alors Garance.

Pablo chercha autour de lui. Il n'y avait personne à part des passants qui s'engouffraient dans les magasins ou traçaient leur chemin d'un pas pressé. Personne d'autre à part ce… cet individu, recroquevillé entre le bureau de poste et le buraliste, des vêtements si sales qu'on n'en devinait plus la couleur, des cheveux emmêlés et gras qui lui cachaient en partie les yeux, et une barbe qui lui mangeait l'autre moitié du visage.

– Tu ne veux pas dire lui, quand même ? rétorqua-t-il.

– Si, lui. Il a la corpulence parfaite et sous tous ses poils, je suis sûre qu'il a l'âge qu'il faut.

– Non, pas lui, il ressemble au croquemitaine, lança Zélie.

– Je trouve que Zélie a raison, je ne vote pas pour lui non plus, intervint César.

Il avait beau faire des efforts, impossible d'imaginer cet homme-là dans ses habits.

– Non mais vous vous croyez où ? s'énerva Garance. Devant *The Voice*, en train d'élire votre candidat favori ? Vous voulez vraiment dormir en prison, ce soir ?

Zélie secoua vigoureusement la tête.

– Dormir au foyer, rectifia Pablo. Tu as dit en prison.

– Cesse de t'arrêter aux détails.

Pablo essaya d'imaginer cet homme dans leur maison. Et pourquoi songeait-il soudain à l'ogre du *Petit Poucet* égorgeant ses sept filles ?

– J'y vais ! décréta Garance.

Et avant qu'ils aient pu réagir, elle apostropha l'homme.

– Excusez-moi, Monsieur, vous êtes dispo, là, tout de suite ?

L'homme fronça le nez et le menton, comme si une mouche venait de le piquer. Mais il ne leva pas les yeux du trottoir.

– Eh ! Monsieur ! C'est à vous que je parle, insista Garance.

Elle se pencha jusqu'à ce que son visage ne soit plus qu'à quelques millimètres de celui de l'homme. Celui-ci leva enfin la tête, poussa un cri de surprise et eut un mouvement de recul. Sa tête vint heurter le mur derrière lui.

– Aïe ! C'est malin, protesta-t-il en se massant la nuque. Vous m'avez fait mal.

Pablo songea que sa voix ne cadrait pas du tout avec son physique. Une voix grave, posée, mille fois moins fatiguée que sa casquette crasseuse.

– Dites tout de suite que je suis laide ! lança Garance, vexée par sa réaction.

– Ah ! Tu vois ! s'exclama César.

D'un regard, Garance l'anéantit.

– Bon, qu'est-ce que vous me voulez ? grogna l'homme.

– Vous embaucher pour la journée, répondit Garance.

– M'embaucher ?

– Tout à fait.

– Et pour quel salaire ?

– Un bain, un relooking, et un repas chaud.

L'homme éclata de rire.

– Et le salaire minimum, les cotisations sociales, ça vous dit quelque chose ?

Il dévisagea chacun des enfants d'un regard amusé.

– Et d'ailleurs, qui vous dit que je recherche du travail ? poursuivit-il.

– Parce que ce n'est pas le cas ?

– Non.

– Eh bien vous devriez ! rétorqua Garance d'un ton mordant.

L'homme haussa les épaules et ses yeux retournèrent caresser le trottoir, comme si les enfants n'étaient plus là.

– Hé ! Monsieur ! Tu dors ? s'inquiéta Zélie.

– Bon écoutez, laissez-moi tranquille ! Vous ne devriez pas être à l'école à cette heure ?

– C'est mercredi, dit César.

– De toute façon, on peut pas, il faut qu'on trouve un papa pour pas que le sistant social nous mette en prison, expliqua Zélie.

L'homme lança un soupir.

– C'est quoi cette histoire ? grommela-t-il.

Pablo lui dressa le tableau. Mère dans le coma, père aux abonnés absents, et un assistant social qui exigeait de voir leur père le soir même s'ils ne voulaient pas finir dans un foyer.

– Prêt à parier qu'on y mange de la tête de porc, au foyer, ajouta César.

L'homme caressa d'une main aux ongles noirs sa longue barbe sale.

– C'est dégueu, la tête de porc, insista César.

– Donc, si je comprends bien, vous êtes tout seuls chez vous ?

– Tout seuls, confirma Zélie.

Le clochard leur lança un regard perçant, et Pablo songea une nouvelle fois à l'ogre du *Petit Poucet*.

– Alors c'est d'accord, lâcha l'homme.

Un clochard nommé Aymeric

Ils escortèrent l'homme jusque dans leur rue. À une vingtaine de mètres de leur « Doux rêve », Garance lança à César :

– Va voir si Mme Auriel est derrière sa fenêtre !

César détala avant de réapparaître, un pouce en l'air.

– C'est bon, la voie est libre, décrypta Garance.

Ils parcoururent au pas de course les derniers mètres.

– Je vous montre où est la salle de bains, déclara Garance dès qu'ils furent en sécurité derrière leur porte.

« Pour peu qu'on puisse être en sécurité avec un inconnu trouvé dans la rue », songea Pablo.

– Hé ! Minute, papillon ! protesta l'homme. Vous m'avez parlé d'un repas chaud. Je ne me laverai pas tant que je n'aurai pas le ventre plein.

Garance poussa un soupir contrarié.

– Écoutez, il est à peine onze heures…

– Un repas chaud, ou je m'en vais ! insista l'homme.

Pablo vit sa sœur et l'homme s'affronter du regard. Garance mesurait les risques. S'aplatir devant ce clochard, ça lui ferait mal, franchement. D'un autre côté, s'il partait…

– C'est bon, marmonna-t-elle, dents serrées.

Puis elle se tourna vers César :

– Tu t'en occupes ?

– Des pâtes, ça vous va ? demanda César.

– Ce sera parfait, répondit l'homme.

Pablo ne put s'empêcher de se sentir soulagé. L'espace d'un court instant, il avait craint que l'homme ne veuille se remplir le ventre de chair fraîche, mais très très fraîche…

Dix minutes plus tard, l'homme s'empiffrait du reste de pâtes au gruyère de la veille. Pablo le regardait enfourner la nourriture, une main aux ongles noirs agrippée à sa fourchette, des bouts de gruyère s'accrochant à sa barbe sale. Et dire qu'en temps normal, Garance ne supportait même pas la présence à table de l'ourson à peine poussiéreux de Zélie…

– Ben dis donc, t'avais faim, Monsieur ! s'exclama la fillette qui observait l'homme, assise face à lui, les mains sous le menton.

– Hum…

– T'es clochard depuis longtemps ? continua Zélie.

L'homme attrapa son verre d'eau et le vida d'un trait.

– On ne dit pas clochard mais SDF, répondit-il.

– Ça veut dire quoi ?

L'homme désigna du doigt un restant de pain sur le buffet.

– Tu m'en coupes une tranche ? demanda-t-il à Garance.

Adossée au réfrigérateur, celle-ci tapotait nerveusement le sol de son pied droit en attendant que l'homme se décide enfin à terminer son repas.

– Pourquoi moi ? grogna-t-elle.

– Parce que tu es debout, rétorqua l'homme.

Garance haussa les épaules et lança :

– SDF, Zélie, ça veut dire « Sans Déodorant Frais ».

– « Sans Domicile Fixe », rectifia l'homme.

– La nuance est faible, riposta Garance.

– Et tu t'appelles comment ? poursuivit Zélie.

– Aymeric.

– C'est joli.

Après avoir fini les pâtes, Aymeric s'attaqua au fromage. Un morceau, deux morceaux, trois morceaux… Garance, n'y tenant plus, quitta la cuisine pour aller fouiller dans la penderie de César. Elle en sortit un pantalon de toile grise, une chemise blanche et une veste noire.

– Eh ! C'est les habits que j'ai mis pour l'enterrement de mamie ! protesta César en surgissant dans son dos.

– Et alors ? Tu as prévu d'y retourner ?

– Non, mais…

– Tu penses que ce… cet Aymeric sera plus crédible comme père avec ton pull Mickey, ou avec celui portant l'inscription « Cereal killer » ?

César n'osa pas demander ce que voulait dire « crédible ».

– De toute façon, il ne va pas le manger ton costume, il te le rendra en revenant de l'hôpital, poursuivit-elle. En attendant, tu n'as qu'à passer ses loques à la machine. Maintenant que tu sais faire…

César la regarda quitter sa chambre, avec la légère impression qu'il venait de se faire avoir. Il prit le temps de terminer son pain au chocolat et rejoignit les autres dans la cuisine.

– Il est où, Aymeric ? demanda-t-il en remarquant sa chaise vide.

– Sous la douche, répondit Garance. Ah, j'ai oublié de te dire, je lui ai aussi prêté ton rasoir-tondeuse.

– Ça craint ! protesta César. T'as vu l'état de ses cheveux ?

C'est vrai, ça, elle aurait pu le lui demander. Il aurait dit non. Son rasoir-tondeuse, c'était un cadeau de sa mère pour ses treize ans, deux semaines plus tôt. C'est pas qu'il avait une barbe de père Noël, mais quand même deux, trois poils, là, sur la lèvre supérieure, si, si, même si

Garance prétendait qu'il n'y avait que lui qui les voyait.

– Mais il va les laver, ses cheveux, lui rétorqua sa sœur. Et ton rasoir, tu n'auras qu'à le nettoyer avant de t'en servir, puisque tu es si chochotte !

– C'est moi l'aîné, déclara-t-il, c'est moi qui dois commander !

– Bien sûr, bien sûr, lâcha Garance.

Elle vérifiait ses messages sur Snapchat. Elle n'avait pu ouvrir son compte que la veille. La faute à sa mère qui ne voulait pas qu'elle s'inscrive sur les réseaux sociaux, sous prétexte qu'elle était trop jeune et qu'elle pouvait se mettre en danger. Du grand n'importe quoi. Parce que franchement, trop jeune… Elle avait douze ans ! Et le pire, c'est que l'adjudant-chef vérifiait chaque soir son smartphone pour être bien sûre qu'elle n'avait pas téléchargé l'application en cachette. La confiance régnait.

– Que c'est long… grogna Pablo.

Du salon où il s'était réfugié, il pouvait entendre l'eau de la douche qui n'en finissait pas de couler. Rien que de songer à cet inconnu, là, dans leur salle de bains, il sentait son ventre se tordre. Pablo se recroquevilla sur le canapé. Il aurait voulu s'endormir et ne se réveiller qu'en même temps que maman. Ses yeux se posèrent sur le bouquet d'arums fanés qui ornait la table du salon.

Il se leva, prit les arums et alla les jeter dans la poubelle de la cuisine. Il n'aimait pas le désordre, et il n'aimait pas non plus les fleurs coupées. Couper une fleur, c'était la condamner à mort. Sans parler de la souffrance qu'on lui infligeait en la cueillant. Quand il était en sixième, il avait voulu faire une pétition pour interdire la maltraitance des fleurs. Mais il avait dû laisser tomber, personne n'avait voulu signer, à part sa mère. Et encore, juste pour lui faire plaisir.

Dans la salle de bains, le chant de la douche s'était enfin tu, remplacé par le bourdonnement du rasoir-tondeuse. D'ici moins d'une heure, l'intrus aurait quitté leur maison. D'ici moins de deux heures, ils auraient neutralisé les soupçons de l'assistant social. Aymeric se transformerait alors pour eux en souvenir. Ensuite, ils n'auraient plus qu'à attendre que leur mère se réveille.

Et tout redeviendrait comme avant.

Soudain, la porte de la salle de bains s'ouvrit.

À trois dans la chambre de maman

Les quatre enfants contemplaient l'homme, le regard écarquillé par la surprise. S'ils ne l'avaient pas vu, de leurs yeux, sortir de la salle de bains, ils auraient juré la main sur le cœur qu'il s'agissait d'un autre homme.

– T'es beau, Monsieur ! réagit Zélie la première.

– Waouh ! laissa échapper Pablo.

– C'est grâce au costume, répliqua César, moi aussi il me met en valeur, tout le monde l'a remarqué à l'enterrement de mamie.

– C'est vrai qu'il y a du mieux, consentit Garance.

Les cheveux courts, une barbe légère, l'homme les fixait d'un œil bleu vif qu'ils avaient à peine remarqué tout à l'heure, tant il était perdu derrière sa tignasse. Ce bleu illuminait son visage, à présent dégagé et incroyablement rajeuni. Même son corps semblait s'être redressé. Aymeric paraissait désormais plus grand, plus solide.

– T'es plus beau que mon papa de la photo, reprit Zélie.

– Bon, on y va, qu'on en finisse ? s'impatienta Garance.

Elle verrouillait la porte d'entrée quand Mme Auriel les interpella de sa fenêtre, les yeux braqués sur Aymeric :

– Ça va, les enfants ? Je vois que vous avez de la visite.

– De quoi elle se mêle, cette vieille bique ? marmonna Garance.

– C'est notre papa ! lança fièrement Zélie en prenant la main d'Aymeric.

– Votre papa ? s'étonna la voisine. Mais je croyais que...

– Ce n'est pas parce qu'il a quitté notre mère que nous ne sommes plus ses enfants, rétorqua Pablo.

– Euh... non, non, bien sûr, ce n'est pas ce que je voulais dire... s'empourpra Mme Auriel.

Garance attrapa les bras de ses frères et se dirigea vers l'Abribus, suivie de Zélie et d'Aymeric.

Vingt minutes plus tard, ils entraient dans l'hôpital.

– Waouh, vous avez vu, il y a encore plus de barres chocolatées dans leur distributeur qu'hier ! s'exclama César dans le hall.

Il se retourna pour partager sa joie et réalisa alors qu'il était seul. Il se précipita dans l'escalier pour rejoindre les autres. Il les trouva dans le couloir du service de réanimation, en pleine conversation avec l'assistant social et l'infirmière.

– … qu'on vous disait la vérité, affirmait Garance. Notre père vit bien avec nous !

– Je suis désolé de ne pas être venu plus tôt, enchaîna Aymeric. Je travaille dans la restauration et j'ai des horaires très compliqués.

– L'essentiel est que vous soyez là, répondit l'assistant social.

– Je vais vous conduire auprès de votre femme, intervint l'infirmière.

– On peut venir avec lui ? s'écria Pablo.

L'infirmière secoua la tête.

– Je suis désolée, comme je vous l'ai expliqué hier, les enfants de moins de quinze ans ne sont pas admis en réanimation. Je veux bien faire une exception pour les deux aînés mais ce sera tout.

– Mais…

– C'est comme ça, conclut l'assistant social, en leur désignant la salle d'attente.

Pablo se laissa tomber dans un fauteuil.

– Complètement dégoûté ! lâcha-t-il.

– En plus, il n'y a que César qui est les nez. Garance, elle, c'est les bouches, lui sortit sa sœur.

Pablo soupira. Il n'était visiblement pas le seul à être sonné par cette décision injuste…

Quelques mètres plus loin, Garance, César et leur pseudo-père pénétraient dans la chambre de leur mère.

Garance s'approcha du lit et s'obligea aussitôt à penser à autre chose. À sa mère qui lui criait dessus parce qu'elle était rentrée trop tard, qu'elle portait une jupe trop courte ou qu'elle passait trop de temps sur son portable, bref à sa mère en adjudant-chef, et surtout pas à cette mère étendue devant elle, inconsciente et fragile. Elle n'allait quand même pas se mettre à chialer devant César ou l'autre imposteur, elle avait sa dignité, quoi !

– Maman ! s'écria César d'une voix tremblante.

Garance l'entendit renifler avant de se moucher bruyamment. Lui, la dignité…

– Vous pouvez lui parler, leur glissa l'infirmière. Elle entend.

– Quand tu seras rentrée, je te ferai des pâtes, dit César. À présent, j'y arrive.

Puis il se tourna vers l'infirmière.

– Vous faites comment pour la nourrir ?

– Par perfusion, répondit l'infirmière.

– Ah.

César n'osa pas préciser qu'il ne savait pas ce qu'était une perfusion.

– Comme elle est belle, votre mère ! laissa échapper Aymeric.

– Vous pouvez le lui dire directement, intervint l'infirmière.

Garance retint un soupir d'agacement. Elle ne pouvait pas les lâcher un peu, celle-là ?

– Tu… tu es si belle, euh… ma chérie, dit Aymeric.

– Coralie, chuchota César un peu trop fort, elle s'appelle Coralie.

– Rrrr, grogna Garance.

Elle se retourna. Mais l'infirmière était en train de vérifier un écran de contrôle et ne paraissait pas avoir entendu.

– Ne t'en fais pas, Coralie, je prends soin des enfants, ajouta Aymeric.

Garance lui lança un regard noir. Il fallait qu'il se calme, là, le clochard. Il se croyait où ? Dans un match d'impro ? Si vraiment sa mère l'avait entendu – même si Garance ne voyait pas comment on pouvait entendre quoi que ce soit quand on était inconscient dans un lit –, elle devait paniquer à mort de les imaginer avec cet inconnu. Garance s'attendit presque à la voir surgir de son coma et se redresser brusquement pour mitrailler l'imposteur de ses yeux d'adjudant-chef. Mais non, rien ne se passa.

– T'en fais pas maman, je gère, lança-t-elle d'une voix plus nouée qu'elle ne l'aurait voulu.

Voilà, elle l'avait rassurée. Une parole réfléchie et responsable, juste au cas où sa mère comprenne quelque chose, bien sûr. Après ça, qu'elle ne vienne pas encore lui dire qu'elle n'avait pas plus de jugeote qu'une gosse de quatre ans (Zélie !).

– Il est temps de la laisser, déclara alors l'infirmière.

– À bientôt, Coralie, murmura Aymeric.

Garance leva les yeux au plafond. « À bientôt », comme s'il allait la revoir un jour ! Non mais, il imaginait quoi, lui ?

L'au revoir au faux papa

– Alors ? les pressa Pablo dès qu'ils furent sortis de la chambre.

– Alors elle est dans le coma, lâcha Garance en haussant les épaules.

– Elle s'est réveillée quand elle vous a vus ? demanda Zélie.

– Pfff, souffla Garance.

– Non, dit César, mais heureusement elle peut quand même manger grâce à une merfu… heu…

– Une perfusion, le coupa sèchement sa sœur.

Et sans plus s'étendre, elle enfila les escaliers pour rejoindre le hall.

– Tu rentres avec nous ? demanda Zélie à Aymeric dès qu'ils furent sur le parking.

– Évidemment que non il ne rentre pas avec nous ! s'exclama Garance.

– Ben si, objecta César. Il faut bien que je récupère mon costume, moi.

– Je propose de vous accompagner chez vous, juste le temps de me changer, dit Aymeric.

Garance soupira.

Pablo fronça les sourcils. Il fallait voir l'empressement avec lequel Aymeric avait fait cette proposition ! « Juste le temps de me changer », ça voulait dire quoi ? Cinq minutes ? C'est qu'il pouvait en arriver des choses en cinq minutes ! Il n'y avait qu'à regarder les séries criminelles qui, comme chacun le savait, étaient très représentatives de la réalité. Combien commençaient de la même façon ? Pablo avait fait des statistiques, en se basant sur les épisodes des six derniers mois. Une fois sur deux – *une fois sur deux !* –, un inconnu parvenait à gagner progressivement la confiance de sa future victime, et, quand c'était fait, quand enfin celle-ci osait lui tourner le dos sans crainte, il la massacrait sauvagement. Non, ils ne seraient vraiment en sécurité que lorsque l'homme serait loin, très très loin d'eux.

– Et si on lui laissait le costume ? lança-t-il.

– Hein ? Le costume de l'enterrement de mamie ? s'écria César. Mais ça va pas, la tête !

– Dix minutes et pas une de plus, trancha Garance.

Le bus les ramena à leur « Doux rêve ». Aymeric troqua le costume contre ses loques.

– Tu vas dormir où ? lui demanda Zélie au moment du départ.

– On s'en fiche, grommela sa sœur.

Aymeric ouvrit la porte.

– Surtout, ne me dites pas merci, leur lâcha-t-il. Ce n'est pas comme si je vous avais sauvés du foyer !

– Merci ! s'écria Zélie en s'accrochant à ses genoux.

– Merci, grogna César en examinant sur toutes les coutures le costume qu'Aymeric venait de lui rendre.

– Oui, bon, ben, merci, marmonna Garance.

Pablo attendit que sa sœur ait refermé la porte sur l'inconnu et que le couinement du portail ait bien confirmé son départ avant de lâcher à son tour un « merci ».

La nuit, il se releva à plusieurs reprises pour s'assurer que la maison était bien fermée à clé. Des fois que le clochard aurait décidé de revenir ! Il finit par plonger dans un sommeil haché, où le moindre craquement devenait synonyme de danger.

Il se réveilla fatigué et nerveux. Il devait se reprendre, la situation était objectivement sous contrôle. La menace du foyer était envolée et leur mère allait se réveiller prochainement. Cerise sur le gâteau, demain les profs étaient en grève, et ensuite ils seraient en vacances scolaires pour deux longues semaines. Pas de quoi paniquer, tout allait s'arranger, tout allait s'arranger, tout allait…

Quand la sonnerie annonça la fin du dernier cours de la journée, Pablo se sentait déjà plus calme. L'inconnu avait retrouvé son coin de trottoir, ils ne risquaient plus rien. Et pour le reste, tout allait s'arranger, tout allait…

C'est en rentrant du collège qu'ils découvrirent la porte d'entrée étrangement ouverte. La clé était enfoncée dans la serrure, et, du salon, s'échappaient les voix de la télévision.

– Maman est rentrée ! s'écria aussitôt Pablo.

– Maman ! s'exclamèrent en chœur Zélie et César.

– C'est bizarre quand même, remarqua Garance.

Ils se précipitèrent dans le salon.

Installé sur le canapé, les jambes étendues sur un pouf et la télécommande à la main, Aymeric les y attendait.

Un clochard dans le lit de maman

– Comment êtes-vous entré ? s'écria Garance.

– Par la porte, répondit tranquillement Aymeric. J'ai expliqué à votre voisine, cette chère Mme Auriel, que votre mère avait eu un accident et que je m'occupais de vous en attendant son rétablissement. Elle m'a vu si embarrassé d'avoir perdu ma clé qu'elle m'a spontanément proposé celle que votre mère lui avait laissée. N'oubliez pas que je suis votre père…

– Vous n'avez pas perdu votre clé puisque vous n'en avez jamais eu ! lança César, avant de comprendre enfin.

Pablo fixait l'homme. Que leur répétait leur mère depuis qu'ils étaient tout petits ? De ne jamais parler avec un inconnu. Eh bien voilà, ils l'avaient fait, et à présent le résultat était là, installé sur leur canapé, dans leur salon !

– Ah merci Garance, vraiment, grommela-t-il.

– Vous sortez ou j'appelle la police ! menaça sa sœur.

Aymeric éclata de rire.

– Mais je t'en prie, jeune fille, appelle ! Tu en profiteras pour leur dire que vous êtes quatre enfants, seuls à la maison depuis plus de trois jours…

– Vous n'êtes qu'un… commença Garance.

– Qu'un… ?

– Qu'un… qu'un sale individu, cracha-t-elle.

– Parce que je ne veux pas que vous restiez seuls à la merci du premier détraqué venu ? feignit de s'offusquer Aymeric. Je vous trouve bien ingrats !

C'est alors que César remarqua le sweat qu'il portait.

– Mais c'est mon « Cereal Killer » ! protesta-t-il. Et aussi mon jean !

– Pas très classe la garde-robe, mais faute de mieux…

– Hé !

– Tu vas dormir où ? s'inquiéta Zélie. Parce qu'il n'y a plus de lit, sauf celui de maman.

– Dans ce cas, je prendrai le sien.

– Et quand maman reviendra ?

– Quand maman reviendra, lança Garance, il retournera dans la rue parce qu'il ne pourra plus nous faire chanter.

Pablo avala péniblement sa salive. D'ici à ce que leur mère revienne, qui pouvait dire ce qui allait leur arriver ?

Le dîner débuta en silence. Chacun mangeait les pâtes préparées par César, le nez dans son assiette. Otages dans leur propre maison. Zélie était venue accompagnée de sa poupée qui avait perdu sa deuxième jambe juste avant de passer à table, et de son ours manchot à qui il manquait désormais une oreille. Elle les avait installés de chaque côté de son verre. Garance se mit à éternuer sans même songer à incriminer la peluche.

– J'en ai marre de manger des pâtes, finit par se plaindre Zélie. Tu peux pas faire autre chose, César ?

– Je ne connais pas d'autre recette. Et d'abord on n'a pas d'argent.

Il se tourna vers Aymeric.

– Vous en avez, vous ?

– Non, pas vraiment.

– Tu m'étonnes… commenta Garance.

Aymeric se leva et examina le contenu du réfrigérateur.

– On dirait que votre mère a fait les courses récemment, remarqua-t-il. On ne devrait pas mourir de faim avant deux bonnes semaines. Sans oublier cette chère Mme Auriel qui sera ravie de nous dépanner si besoin. J'ai comme l'impression que je ne lui déplais pas du tout…

– Plaire à la voisine moustachue, tu parles d'un exploit… grogna Garance.

– Et si d'ici deux semaines maman n'est pas sortie du coma ? s'inquiéta César.

L'homme haussa les épaules.

– On se débrouillera, lança-t-il d'un ton détaché.

Pablo repoussa son assiette. Il n'avait soudain plus faim du tout. Encore deux semaines sans maman ! Soit trois cent trente-six heures, qui viendraient s'ajouter aux soixante-seize heures déjà écoulées. Des chiffres à vous donner le vertige !

– Alors, ça y est, vous êtes en vacances ? dit Aymeric.

Si encore il s'appelait Aymeric. Pablo avait fait une recherche sur Internet. L'âge moyen des Aymeric était statistiquement de vingt-quatre ans. Or l'homme devant lui en avait au moins dix de plus. Il aurait tout aussi bien pu s'appeler Paul ou Jack, Jack l'Éventreur…

– Et vous êtes en quelle classe ? poursuivit l'homme (Aymeric ?) à qui personne ne répondait.

– Comme si ça vous intéressait… grommela Garance.

– Ils sont tous les trois en cinquième, dit Zélie.

– Ah oui ? Vous n'avez pourtant pas le même âge, s'étonna le pseudo-Aymeric.

– C'est parce que César a redoublé et que Pablo est un génie, expliqua Zélie. Garance, elle, elle est normale.

Garance tiqua. Normale, normale, c'était vite dit ! Si on partait du principe que sa mère était une femme normale et Meghan Markle une femme extraordinaire, elle espérait bien se rapprocher un peu, et même beaucoup plus, de la seconde que de la première !

César, lui, se tassa sur sa chaise. Ça va, on savait qu'il avait été rattrapé par son frère de trois ans son benjamin, son cadet, euh… son… Oh, il ne savait plus comment on disait, son petit frère, quoi !

Qu'est-ce que Zélie avait besoin de raconter ça à Aymeric ? Alors que jusqu'à présent Aymeric n'avait vu en lui qu'un grand cuisinier, enfin, peut-être pas tout à fait grand, mais quand même un cuisinier, autrement dit un garçon qui savait faire quelque chose. Maintenant, lui aussi allait le prendre pour le débile de service.

« Mon grand dadais », l'appelait parfois maman. Et elle avait une telle façon de le lui dire, la voix douce, un sourire dans les yeux, que longtemps, il avait cru qu'il s'agissait d'un petit nom d'amour, comme « mon canard », « mon sucre d'orge ».

Le jour où il avait compris, ou plutôt le jour où son frère de trois ans son benjamin, son cadet, euh... enfin son petit frère, lui avait crié lors d'une dispute ce que voulait vraiment dire « dadais », il s'était senti devenir un microbe, un rien du tout. Il avait eu mal, mal à hurler, jusqu'à ce que toute la réserve de tablettes de chocolat vienne calmer sa douleur.

Le repas se termina comme il avait commencé, en silence.

Accroupie dans un coin de la cuisine avec son ours sur les genoux et sa poupée à la main, Zélie observait Aymeric mettre en marche le lave-vaisselle.

– Vous avez un nouvel invité, je vois, dit l'ours à la poupée.

– C'est un faux papa clochard, répondit la poupée.

– Un papa quand même.

– Oui, mais un faux.

– Mais un papa quand même, s'énerva l'ours en donnant des coups de tête à la poupée.

– J'sais pas. J'en ai jamais eu, lança la poupée en arrachant la dernière oreille de l'ours.

Un aide-cuisinier nommé César

Une fois dans sa chambre, Pablo poussa son bureau devant sa porte pour empêcher Jack l'Éventreur d'entrer. Il passa la nuit l'oreille aux aguets, à sursauter à chaque grincement de porte et à chaque pas. Il reconnut le bruissement sourd des babouches de César en expédition pour la cuisine, le claquement sur le parquet des petits pieds nus de Zélie qui se rendait aux toilettes. Et puis il y eut ce pas rapide et pressé.

Garance ? L'Éventreur ? Pablo finit par s'endormir au petit matin, quand la fatigue fut enfin plus forte que la peur.

Quand il se réveilla, la lumière du jour avait envahi sa chambre. Pablo se demanda d'abord pourquoi il y avait son bureau devant sa porte, puis il se souvint de l'homme et se précipita à sa fenêtre. L'enseigne lumineuse.

ALLUMÉE. ÉTEINTE.

Vingt-deux clignotements par minute, pas un de plus, pas un de moins, malgré l'envahisseur, malgré la menace. Tant qu'elle serait là, Jack l'Éventreur ne pourrait rien contre eux. Et bien sûr, ce n'était ni logique, ni statistiquement correct, mais il devait y croire, parce que s'il venait à douter un instant, un seul instant, alors, alors, tout s'effondrerait. Sa tête exploserait et il deviendrait un paratonnerre à malheur.

Pablo se leva et sortit de sa chambre. Une odeur inhabituelle flottait dans la maison. Elle semblait venir de la cuisine. Une odeur qui l'aurait fait saliver s'il n'avait pas eu l'estomac si noué.

– Tu veux de la tarte aux pommes ? l'accueillit fièrement César.

Une tarte déjà entamée, aux pommes caramélisées à souhait et à la pâte d'un doré alléchant, trônait au milieu de la table.

– C'est quoi, cette tarte ? s'étonna Pablo.

– C'est moi qui l'ai faite ! se rengorgea César.

– C'est toi qui l'as faite un petit peu, rectifia Zélie. En vrai, c'est surtout Aymeric.

– Un cuisinier sans un bon commis n'est rien, lança Aymeric en posant la main sur l'épaule de César.

Sous la pression de cette main, César se redressa. Il lui sembla qu'Aymeric venait de lui faire un compliment, mais il devait d'abord vérifier ce qu'était un « commis ».

– Vous savez cuisiner ? s'étonna Garance.

Elle contemplait la tarte en mourant d'envie d'y goûter. Mais elle préférait encore crever de faim que de le reconnaître, ça lui aurait fait trop mal d'offrir ce cadeau au clochard.

– Pourquoi je ne saurais pas ? rétorqua Aymeric. Tu imagines que j'ai toujours vécu sur un coin de trottoir ?

– Tu nous as pas dit ça fait combien de temps que tu es clochard, remarqua Zélie.

– On ne dit pas clochard mais SDF, rappela Aymeric.

– J'sais plus ce que ça veut dire.

– Ça veut dire « Sans Doute Fêlé », glissa Garance.

– Ça veut dire « Sans Domicile Fixe », rectifia Aymeric. Et de toute façon je ne suis plus SDF, puisque j'ai à présent un domicile, ajouta-t-il en plantant ses yeux dans ceux de Garance.

Garance haussa les épaules.

– Provisoire, très provisoire votre domicile, susurra-t-elle.

– C'est ce qu'on verra, répliqua Aymeric sur le même ton.

Garance et l'homme continuèrent à s'affronter du regard, immobiles et muets. Pablo se demanda lequel des deux allait capituler le premier.

– Hé ! Aymeric ! Pour midi, si on faisait un suprême de poulet contisé au pistou, et à la sauce vierge à la ricotta ? lança César, qui cherchait sur Internet des recettes de cuisine.

Aymeric profita de la distraction pour lâcher le bras de fer (ou plutôt les yeux de fer).

– On va peut-être commencer par les basiques, répondit-il en riant. Un poulet rôti, par exemple, ça te dirait ?

César opina. De toute façon, il ne savait pas ce que voulait dire suprême, ni contisé, ni pistou, ni même ricotta. C'était trop tôt, il ne parlait pas encore cuisine. Il avait juste trouvé la photo du plat appétissante. Mais bientôt, il connaîtrait tous ces mots. À condition qu'Aymeric reste assez longtemps.

Garance alluma la radio. Flash infos, pas très fun pour l'ambiance, mais c'était toujours mieux que d'entendre la voix de l'autre.

« La vague de cambriolages, qui a commencé il y a désormais un mois, se poursuit, disait le journaliste. Deux appartements ont été cambriolés durant la nuit, dans les Hauts Quartiers. La propriétaire de l'un d'eux, une octogénaire qui a surpris le cambrioleur en pleine action, a été agressée. Elle est actuellement en observation à l'hôpital. »

Les mains de Pablo se crispèrent sur son bol. Il ne put s'empêcher de jeter un œil à Jack l'Éventreur. Celui-ci se coupait tranquillement une part de tarte aux pommes, qu'il commença à manger d'un air détaché. Un peu trop détaché, non ?

Pablo fit volontairement tomber sa cuillère sous la table, et, en la ramassant, vérifia les chaussures que portait Jack. Il reconnut les vieilles baskets de César. Des baskets… Ça pouvait correspondre au bruit des pas entendus durant la nuit, oui, vraiment, ça pouvait correspondre.

Pablo seul contre tous

Pablo profita que Jack était sous la douche pour rassembler son frère et ses sœurs dans sa chambre.

– Il faut qu'on le fasse partir ! déclara-t-il.

– Ben non, pourquoi ? Je l'aime bien, moi ! s'exclama César.

– Alors toi, ce n'est pas très compliqué de te retourner la tête, lui lança Garance.

– Mais personne ne m'a rien retourné du tout ! protesta César. Qu'est-ce que vous lui reprochez, à Aymeric ?

– Oh, trois fois rien, répondit sa sœur. Juste de s'imposer chez nous sous la menace…

– Mais c'est pour pas qu'on soit tout seuls ! clama Zélie.

Pablo soupira. Il avait fait une recherche sur Internet, c'était le propre des grands manipulateurs : s'attaquer d'abord aux maillons les plus faibles d'un groupe afin de les rallier à leur cause. Diviser pour mieux régner, voilà une tactique qui avait fait ses preuves !

– Sans parler des cambriolages, observa-t-il. Rien ne prouve que ce ne soit pas lui.

Garance fronça les sourcils.

– Là, Pablo, je trouve que tu vas un peu loin, rien ne prouve non plus que ce soit lui, répliqua-t-elle.

– Il vient de s'installer dans le quartier, *et comme par hasard*, dès la première nuit il y a un cambriolage. Tout le monde sait que statistiquement les vrais hasards sont rares !

– Ah parce que maintenant c'est lui le cambrioleur ? s'écria César dans une pluie de postillons à la tarte aux pommes. Et il n'aurait pas aussi assassiné le président Kennedy pendant qu'on y est ?

– Tu connais le président Kennedy ? s'étonna Garance.

– Il y avait un article sur lui au-dessous de la recette de poulet, répondit son frère.

– Je me disais aussi… De toute façon, pour l'instant il nous tient, on est piégés. Même si on trouvait un moyen de le faire sortir de la maison, il nous menacerait de tout révéler à la police pour nous obliger à lui rouvrir.

Pablo caressa machinalement les feuilles de Léon.

– Peut-être que le foyer, ce ne serait pas pire, lâcha-t-il.

– Moi je veux pas aller en prison ! protesta Zélie.

– Au moins là-bas, on serait en sécurité, insista Pablo.

– Mais enfin t'as peur de quoi ? Qu'il te mange ? lui lança César.

– On ne sait pas qui il est, il peut être n'importe qui !

– Si les choses se corsent, on avisera, trancha Garance. Pour l'instant, on laisse courir, et on s'arrange pour tenir jusqu'à ce que maman se rétablisse.

– Je suis d'accord avec Garance ! lança César.

Pablo secoua la tête. Même Garance l'abandonnait.

Il allait devoir se montrer encore plus vigilant !

Des nouvelles de maman

Trois jours s'écoulèrent ainsi. Trois jours au cours desquels César troqua son statut de commis de cuisine contre celui de second. Il ne se contentait plus de peler les produits et de nettoyer le champ de bataille après qu'Aymeric avait terminé ses créations, désormais il l'assistait dans la confection des plats, si ! Aymeric lui avait même promis que ce serait lui le chef pour le déjeuner du lendemain. Des pâtes à la carbonara.

La veille, il lui avait appris à cuire les pâtes pour qu'elles ne soient ni dures, ni collantes, mais à point. César avait dû s'y reprendre à cinq reprises, mais l'essentiel était le résultat final, pas les couches de pâtes ratées qui s'accumulaient dans la poubelle. Il ne restait plus à Aymeric qu'à lui dévoiler les secrets de fabrication d'une bonne sauce à la carbonara. César avait hâte !

Ces trois jours parurent interminables à Pablo qui se replongea dans le visionnage de la dernière saison d'*Esprits criminels* pour mieux tromper son angoisse. Il était facile de surveiller Jack l'Éventreur durant la journée, puisqu'il les passait à la cuisine avec César, un couteau à la main. (Et César qui à côté de lui frétillait joyeusement… L'inconscient !) Le plus difficile, c'était les nuits. Pablo tentait de veiller le plus tard possible, mais le sommeil finissait toujours par le surprendre.

Jack attendait-il un moment plus propice pour agir ? Toujours est-il qu'au matin de ces trois jours, chacun se réveilla vivant, et que le quartier n'eut par ailleurs pas à déplorer de nouveau cambriolage.

Garance quant à elle ne quittait sa chambre que pour les repas. Au début, elle avait essayé de résister, question d'amour-propre. Elle avait tenu aussi longtemps qu'elle avait pu, mais là, là... Elle n'avait encore jamais senti de tels fumets, jamais vu de lasagnes à la fois si gratinées et moelleuses. C'était il y a deux jours. Alors elle avait craqué. Et puis franchement, l'autre se serait délecté de la voir mourir de faim sous son nez. Il l'aurait vue agoniser, tout ça. Juste, elle ne lui disait pas combien ses plats étaient délicieux. Juste. Elle jouait à la fille qui se nourrit par instinct de survie, mais qui n'y prend aucun plaisir. Sûr qu'il en crevait de frustration, le clodo !

– Aymeric, t'as toujours pas dit ça fait combien de temps que tu habites sur le trottoir, lança Zélie au matin du quatrième jour.

Aymeric attrapa l'assiette de Zélie pour y glisser la crêpe qu'il venait de faire cuire.

– Depuis quelques semaines, répondit-il.

– Pourquoi ? continua Zélie.

– Tu préfères de la confiture ou du Nutella sur ta crêpe ?

C'est alors que le téléphone sonna. Garance alla dans le couloir décrocher.

– Mais je suis sa fille, vous pouvez me répondre. Pfff… Là, là, c'est abuser, puisque je vous dis que… D'accord, je vous le passe…

Elle glissa sa tête dans la cuisine et tendit le combiné à Aymeric.

– Tiens, *papa*, ils ne veulent parler qu'à un adulte, grogna-t-elle.

Dans la cuisine, tous les yeux se braquèrent sur Aymeric.

– Allô ? Oui, c'est bien moi… Quand ?… Et comment va-t-elle ?… D'accord, je viens.

– Et nous ? Demandez pour nous ! souffla Garance.

– Les enfants peuvent m'accompagner ?… D'accord.

Aymeric raccrocha.

– Alors ? le pressèrent en chœur les quatre enfants.

– Alors votre mère est sortie du coma.

– Ouaaaiiiis ! hurla Zélie.

– Et elle va comment ? s'exclama Pablo.

– Encore un peu sonnée, il lui faut du repos, mais elle va plutôt bien.

– Et on peut la voir ? s'écria César.

– Pas plus de deux à la fois, mais oui, vous pouvez.

– Quand ?

– Dès que vous serez prêts !

Une demi-heure plus tard, ils enfilaient leurs baskets.

Garance susurra à l'oreille d'Aymeric :

– Préparez vos valises, votre coin de trottoir vous attend !

– Si j'étais toi, je n'en serais pas aussi sûre, riposta Aymeric, petit sourire aux lèvres. Pas aussi sûre du tout…

Quand sonne le gong pour Jack

– Bonjour les enfants, et bonjour M. Aymeric, les interpella la voisine alors qu'ils quittaient la maison.

« Cette vieille bique, grogna Garance, toujours à nous espionner… »

– Bonjour Mme Auriel, répondit joyeusement Aymeric. J'aime beaucoup votre nouvelle coupe de cheveux.

La voisine tâta d'une main émue sa coiffure.

– Oh ! Monsieur Aymeric ! gloussa-t-elle, vous me faites rougir. Je voulais vous dire que c'était très rassurant de vous savoir là, juste à côté. Avec ce sinistre cambrioleur qui rôde…

– Pfff… s'impatienta Garance.

Et sans laisser à Aymeric le temps de répondre, elle lui attrapa le bras pour le tirer jusqu'à l'Abribus.

Vingt minutes plus tard, ils pénétraient dans l'hôpital.

– Elle s'est réveillée quand ? demanda Pablo à l'infirmière.

– Il y a à peine deux heures.

– Et elle va garder des séquelles ?

César se gratta la tête. Des séquelles… C'était grave ? S'il demandait ce que ça voulait dire, il allait encore passer pour l'idiot de service.

– C'est quoi, des séquelles ? le devança Zélie.

César, soulagé, se concentra sur la réponse.

– Ce sont des troubles que le coma aurait pu laisser à maman, et qui feraient qu'elle ne serait plus tout à fait comme avant l'accident, répondit Pablo.

– Non, rassurez-vous, elle ne gardera pas de séquelles, déclara l'infirmière.

– Ouf, lâcha Pablo.

– Vous pouvez entrer dans sa chambre deux par deux, et toujours accompagnés de votre père, reprit l'infirmière.

– Pablo et Zélie en premier, décida Aymeric.

– Pourquoi c'est vous qui choisissez ? se rebiffa Garance.

– Parce que je suis ton papa…

Garance n'osa pas riposter à cause de l'infirmière. N'empêche, il ne perdait rien pour attendre. Il pourrait bien retourner mourir de froid sur son coin de trottoir, elle ne bougerait pas le petit doigt pour l'aider, ça non, il n'aurait ni un sandwich, ni une pièce, pas même un regard, rien !

– Vous vouvoyez votre père ? s'étonna l'infirmière.

– Oui, ça l'amuse, soupira Aymeric. Entrée précoce et difficile dans l'adolescence.

– L'adolescence... répéta l'infirmière d'un ton plein de compassion.

Garance lui lança un regard plus noir que noir, et rejoignit César dans la salle d'attente. Il était en train de déguster une barre chocolatée achetée dans le distributeur du hall. Il croyait avoir déjà tout goûté, mais non, encore une nouveauté.

Aux côtés de Zélie, Pablo suivit Aymeric dans le couloir. Pablo savait très bien comment Jack avait choisi les duos. Il avait assemblé un lucide (Garance ou lui) et un naïf (César ou Zélie). Pas fou, l'Éventreur. S'il voulait conserver une minuscule chance de ne pas se faire mettre dehors sur-le-champ par leur mère, il avait intérêt à prendre ses précautions.

Aymeric poussa la porte et ils entrèrent dans la chambre. Leur mère était couchée, la tête surélevée par des coussins. Pablo la trouva plus pâle et plus maigre que d'habitude, et bizarrement rajeunie. Peut-être à cause de la chemise de nuit jaune clair qui lui donnait cet air de petite fille fragile, peut-être aussi à cause de ses cheveux qu'elle portait d'habitude plaqués en queue-de-cheval, et qui à présent s'étalaient en une cascade dorée tout autour de sa tête.

– Maman ! s'écria-t-il en se précipitant sur le lit.

– Hé ! Doucement ! essaya de le retenir Aymeric.

– Vous, fichez-moi la paix, grogna Pablo.

Les bras de sa mère se refermèrent autour de lui.

– Mon petit génie, murmura-t-elle.

Pablo plongea son nez dans le cou de sa mère, et respira à fond pour se remplir de son parfum. Mais son odeur sucrée et fleurie s'était transformée en relents de désinfectants et de médicaments, une odeur d'hôpital.

– Pousse-toi, moi aussi je veux lui faire un bisou ! protesta Zélie en tirant son frère par le pantalon.

Pablo se dégagea pour laisser une place à sa sœur. Zélie grimpa sur le lit et alla se coller à sa mère.

– Mon bébé… l'accueillit cette dernière en posant sa main sur sa joue.

– Tu sais on n'est pas allés en prison-foyer, parce qu'on a trouvé un faux papa qui était clochard et qui maintenant dort dans ton lit, lui expliqua Zélie.

Pablo vit sa mère pâlir jusqu'à devenir livide. Un sourire de triomphe se forma alors sur ses lèvres. Ça y est, le gong de fin venait de sonner pour Jack, il serait bientôt de retour sur le trottoir.

Pablo recula alors de quelques pas pour ne rien perdre de la petite discussion qui allait suivre…

La triste histoire du faux papa

Avec une grimace de douleur, Coralie Raspail parvint à se redresser tant bien que mal sur son lit, et darda sur l'inconnu qui se trouvait dans sa chambre un regard horrifié.

– Vous êtes qui ? lâcha-t-elle d'une voix atone.

– Je… je suis… commença à bafouiller Aymeric.

– C'est lui que je te dis, c'est notre faux papa ! s'exclama Zélie.

Pablo vit sa mère ouvrir de grands yeux incrédules. Il connaissait bien ce regard. C'était celui qui précédait les tempêtes quand ils avaient désobéi (pas lui, bien sûr, les autres, enfin surtout Garance). Plus le regard durait, plus la tempête était terrible. Et il ne l'avait jamais vu durer aussi longtemps.

Pablo s'entendit rire de joie et de soulagement.

– Qu'est-ce que vous leur avez fait ? lança enfin sa mère, d'une voix plus glaciale que tout le rayon surgelés d'un supermarché.

– Mais rien ! s'écria Aymeric. Je faisais la manche quand ils sont venus me supplier de les aider, parce qu'ils étaient seuls et que les services sociaux voulaient les placer.

– Au début il a pas voulu, expliqua Zélie. Et après il a voulu.

– J'ai accepté lorsque j'ai compris qu'ils étaient isolés, à la merci du moindre danger, compléta Aymeric.

Pablo ricana. L'Éventreur avait débité son discours avec un tel accent de sincérité qu'un crédule comme César ou Mme Auriel serait tombé immédiatement dans le panneau. Mais pas sa mère. Sa mère était le contraire de la crédulité. Elle était la méfiance incarnée. Il posait à présent un genou à terre, afin de se mettre à sa hauteur. Pathétique…

– J'ai repensé à mon fils, reprit-il. Je me suis dit que s'il avait été dans cette situation, j'aurais voulu que quelqu'un fasse la même chose pour lui.

Pablo secoua la tête. Maintenant il avait un fils, *comme par hasard*.

– Vous avez un fils ? s'étonna sa mère.

Jack posa ses mains sur le bord du lit. Pablo vit son regard se perdre dans le vague. Il n'y avait pas meilleurs acteurs que les grands manipulateurs.

– J'en avais un, répondit Jack. Jules venait d'avoir huit ans quand j'ai eu un accident de voiture. C'était il y a deux ans. On revenait d'un mariage, j'avais un peu trop bu, je n'ai pas vu la voiture qui arrivait sur ma droite…

Pablo lança un soupir. Voilà qu'il s'inventait un fils mort. Non mais il ne pensait quand même pas que sa mère allait le croire ? Si l'Éventreur savait tous les bobards que Garance avait pu inventer en guise d'excuse. Sa mère avait acquis un sixième sens pour discerner le vrai du faux, elle était impossible à berner, encore plus performante qu'un détecteur de mensonges.

– Suite à l'accident, ma femme m'a quitté, poursuivit Jack. J'avais un restaurant, j'étais trop mal pour continuer à travailler, je l'ai perdu, puis j'ai perdu ma maison, puis…

– Ben dis donc, elle est pas marrante ton histoire ! s'exclama Zélie.

Jack leva lentement les yeux et les planta dans ceux de leur mère. Ils se regardèrent longtemps. Pablo essaya d'analyser ce regard. Pourquoi sa mère avait-elle les yeux si brillants ? Il arriva alors une chose insensée. Sa mère, le radar à mensonges, la méfiance faite femme, tendit son bras et posa sa main sur celle de l'Éventreur. Sous le choc, Pablo recula jusqu'à ce que son dos vienne heurter la porte.

On leur avait menti. Le coma lui avait finalement laissé de grosses séquelles…

Les retrouvailles de Garance avec l'adjudant-chef

Quand Garance vit le clochard sortir de la chambre de sa mère, un sourire éclatant aux lèvres et le regard perdu, elle crut d'abord qu'ils avaient gagné la bataille, pour ne pas dire la guerre. Le sourire ? Il était forcé, obligé, il fallait bien sauver la face. Et si le clodo semblait planer à dix mille mètres, c'était parce qu'il était toujours sous le choc de la colère de l'adjudant-chef. Elle avait dû être terrible, Garance n'osait même pas imaginer à quel point.

Mais quand elle aperçut la tête de Pablo juste derrière celle de l'imposteur, elle commença à douter sérieusement. Pourquoi Pablo faisait-il cette tête d'enterrement ? Qu'est-ce qui s'était passé dans la chambre ?

C'est donc l'angoisse au ventre que Garance se leva de son siège dans la salle d'attente pour rejoindre Aymeric.

– Hé ! César ! Tu ne viens pas avec nous ? s'étonna celui-ci.

César était resté sur sa chaise.

– On peut manger dans la chambre ? demanda-t-il en montrant sa barre chocolatée.

Il en était à sa quatrième. Et ce n'était pas vrai qu'il ne pensait qu'à ça, qu'il n'était – comment ils disaient les autres, déjà ? – qu'un ventre, voilà, ils disaient qu'il n'était qu'un ventre, que son estomac lui servait de cerveau. Non, c'est juste qu'il avait peur, et que quand il mangeait, la peur se faisait plus petite.

Il n'avait pas tout compris à ces histoires de séquelles. On racontait tellement de choses sur le coma, que les gens qui en sortaient avaient perdu la mémoire, qu'ils ne reconnaissaient plus personne, même pas leurs proches. Qu'est-ce que sa mère allait penser de lui en le découvrant comme si c'était la première fois qu'elle le voyait ? Est-ce qu'elle se dirait, comme ceux du collège, qu'il avait une carrosserie de camion avec un moteur de scooter ?

– Allez, viens, ça va bien se passer, tenta de le rassurer Aymeric.

César prit une profonde inspiration et se leva.

– Maman ! s'écria-t-il en découvrant sa mère perdue dans ses draps blancs comme un milkshake à la noix de coco.

– Mon grand ! lui répondit-elle.

Et il se sentit tellement soulagé qu'elle se souvienne de lui qu'il lui aurait même pardonné de ne pas s'arrêter à « grand » et de poursuivre jusqu'à « dadais ». Il se jeta dans ses bras.

– Doucement, lança sa mère en riant. Tu m'étouffes.

– Tu sais que maintenant je sais cuisiner ? déclara-t-il. Je te montrerai quand tu rentreras !

– J'ai hâte, lui répondit-elle.

Garance se tortillait au bord du lit, attendant que son frère libère la place.

– Bonjour m'man, contente que t'ailles mieux, lança-t-elle quand enfin César se poussa.

– Mais enfin Garance, c'est quoi ce maquillage ? l'accueillit sa mère. Tu as oublié que tu n'avais que douze ans ?

Garance souffla. À peine sortie du coma, et déjà pénible. Elle n'allait pas tarder à lui faire regretter de…

Non, elle n'était pas une fille sans cœur, fallait pas croire, bien sûr qu'elle était heureuse que sa mère aille mieux, mais n'empêche, elle allait regretter sa tranquillité, quoique la tranquillité, avec le clochard…

Pour détourner l'attention de ses yeux trop fardés, Garance désigna Aymeric et balança :

– Tu sais qu'il squatte chez nous sous la menace ?

– Il m'a tout expliqué, c'est pour mieux vous protéger, lui répondit sa mère.

– Et Aymeric dit que les gens comme moi qui aiment autant manger font les meilleurs cuisiniers ! s'emballa César.

– Pfff… grogna Garance.

On pouvait dire qu'elle était aidée !

– On se protégeait très bien sans lui, tenta-t-elle à nouveau. On ne le connaît pas, on ne sait même pas de quoi il est capable…

– Sans lui, vous auriez été placés en foyer, répliqua sa mère. Tu devrais plutôt le remercier.

Garance secoua la tête, dépitée. Remercier le maître-chanteur. Mais sa mère était devenue aveugle ou quoi ? Enfin pas pour le maquillage, évidemment.

– Je crois que votre maman est fatiguée, on va la laisser se reposer, leur dit Aymeric.

Et c'était quoi cette lumière dans ses yeux à lui ? Du triomphe ?

– Vous n'avez pas encore gagné, grinça-t-elle.

– Mais gagner quoi, Garance ? Tu ne crois pas qu'il serait temps qu'on fasse la paix ?

La paix, tu parles !

Des poupées tellement méchantes

Le retour fut silencieux. Assis face à l'Éventreur dans le bus, Pablo l'observait. Il s'était attardé dans la chambre de maman après que César et Garance l'avaient quittée. Que s'étaient-ils dit ? Et comment sa mère avait-elle pu se faire avoir si facilement ? Sans ce fichu coma, jamais…

– Jusqu'où le coma de ma mère a-t-il pu altérer sa personnalité ? avait-il demandé au médecin en attendant Jack.

L'homme avait froncé les sourcils et lui avait lancé :

– Mais quel âge as-tu pour utiliser un vocabulaire pareil ?

Pablo n'avait pas vu le rapport avec sa question et l'avait posée à nouveau.

– Dans l'absolu, avait fini par répondre le médecin, un coma peut certes avoir des conséquences sur la personnalité du patient, mais dans le cas de ta mère, le coma a été léger et n'a duré que quelques jours. Il ne devrait donc pas y en avoir.

– Ne *devrait* ? avait répliqué Pablo. Vous n'en êtes donc pas certain ?

L'homme avait alors été happé par un confrère, et sa question était restée en suspens.

– On fait quoi pour le repas ? demanda César à peine furent-ils rentrés.

– Quelque chose de simple, on n'a pas beaucoup de temps, répondit Aymeric.

– Des pâtes au gruyère. Et c'est moi qui les fais ! s'emballa César.

– D'accord pour te laisser la toque.

César fronça les sourcils.

– Mais pourquoi tu dis que je suis toqué ?

– La toque c'est le chapeau des chefs, la couronne des grands cuisiniers si tu préfères, expliqua Aymeric.

– Ah ! lâcha César.

Une heure plus tard, ils passaient à table. Zélie grimpa sur sa chaise. Elle attrapa son verre et le renversa.

– J'ai pas fait exprès, lança-t-elle.

– Ce n'est rien, je vais nettoyer, dit Aymeric en se levant.

Garance prit alors le sien et le renversa à son tour, petit sourire narquois aux lèvres.

– Oups, j'ai pas fait exprès, dit-elle en prenant une voix de petite fille.

Aymeric haussa les épaules.

– Alors, vous ne nettoyez pas ? le provoqua Garance.

– Tu sais tenir une éponge, non ? Et puis tu ne crois pas qu'il serait temps que tu commences à me tutoyer ?

– Non, moi je ne tutoie que les gens que j'estime, lui rétorqua-t-elle.

– Et moi, ceux en qui j'ai entièrement confiance, glissa Pablo.

Aymeric soupira et servit une assiette de pâtes à Zélie.

– Hein, elles sont bonnes mes pâtes ? lança César.

En voulant prendre la bouteille d'eau pour remplir son verre, Zélie accrocha l'assiette de Pablo, qui alla se fracasser sur le carrelage.

– Zélie, qu'est-ce qui t'arrive aujourd'hui ? Tu es une vraie tornade, ma parole ! lança Aymeric.

– J'ai pas fait exprès, répéta Zélie, cette fois en pleurnichant.

– Peut-être qu'elle est perturbée, intervint Garance en plantant ses yeux dans ceux d'Aymeric. Il faut dire qu'il y a de quoi. Avec un clochard qui squatte le lit de sa mère...

– Rassure-toi, je vais bientôt le libérer, son lit.

– Vous êtes en train de nous annoncer que vous allez partir ? savoura Garance.

Le verre de Zélie alla rejoindre l'assiette sur le carrelage.

– Non, je suis en train de vous annoncer que ta mère va bientôt rentrer. Dans deux jours, exactement.

– Si tôt ? s'étonna Pablo.

– Oui, ils ont accepté son retour à condition qu'il y ait un adulte présent pour veiller sur elle, en plus d'une infirmière qui passera plusieurs fois par jour pour les soins. Je me suis proposé, ta mère est d'accord.

Garance posa sa fourchette. Elle n'avait soudain plus faim du tout.

– Et tu vas dormir où ? demanda Zélie.

– On trouvera bien une solution, lui dit Aymeric.

– Mais enfin vous n'allez jamais nous lâcher ? s'exclama Garance.

Aymeric ne répondit pas et sortit un nouveau verre pour Zélie.

Garance recula sa chaise bruyamment et se leva.

– Le repas n'est pas terminé, lui lança Aymeric.

– Ah oui ? Eh bien pour moi, il l'est !

– Mais mes pâtes ! protesta César.

Garance quitta la cuisine dans un claquement de porte.

Une heure plus tard, le déjeuner fini et la cuisine rangée, Aymeric fut attiré par des éclats de voix qui venaient de la chambre de Zélie. Il poussa la porte et trouva la fillette en train d'arracher tout ce qui restait de bras et de jambes à ses Barbie.

– Tiens ! Bien fait pour toi ! T'as qu'à être moins méchante ! criait Zélie.

Aymeric entra et s'assit sur le sol à côté d'elle.

– En effet dis donc, elles ont dû être drôlement méchantes pour que tu les punisses si fort, lança-t-il.

– Oh oui elles ont été méchantes !

– Qu'est-ce qu'elles ont fait de si méchant ?

– Elles ont mis leur papa en colère.

– En faisant quoi ?

– Mais je sais pas, moi, en faisant quoi, s'énerva Zélie. Elles l'ont mis en colère, c'est tout. C'est pour ça qu'il est parti.

– Leur papa ?

– Mais oui, leur papa. T'écoutes pas ?

Aymeric prit une poupée éclopée et lui caressa les cheveux.

– Mais si, je t'écoute, répondit-il doucement. Et il est parti il y a longtemps, leur papa ?

– Quand elles sont nées, dit Zélie en reniflant. C'est parce qu'elles étaient pas assez belles, ou pas assez gentilles, ou pas assez quelque chose.

Zélie pleurait à présent à gros sanglots, en tapant sur le sol la poupée qu'elle tenait. Aymeric se leva et prit la fillette dans ses bras.

– Ton papa n'est pas parti à cause de toi, lui murmura-t-il à l'oreille.

– Alors pourquoi il est parti ?

– Je ne sais pas pourquoi il est parti, mais je peux te promettre que ce n'est pas à cause de toi.

– Tu es sûr ?

– Oui, j'en suis sûr, Zélie, j'en suis sûr.

Alors Zélie cessa de martyriser sa poupée et accrocha ses bras autour du cou d'Aymeric.

Un portrait-robot aux faux airs d'Aymeric

Jack était reparti pour l'hôpital. D'après ce que Pablo avait cru comprendre, il devait régler des détails administratifs pour permettre la sortie prochaine de leur mère.

Statistiquement, quel était le pourcentage de chances que Jack ait dit la vérité ? Combien de chances qu'un clochard ramassé au hasard dans la rue, et qui s'imposait ensuite par chantage sous le toit de quatre enfants isolés, ne veuille en réalité que leur bien ? Ce n'était évidemment pas le genre de réponse qu'il pourrait trouver sur Internet. Par contre, peut-être y découvrirait-il une trace de l'accident ? Il tapa « accident de voiture », « mort », « enfant », « huit ans », « Jules », « Aymeric restaurateur » sur son moteur de recherche. Il obtint des réponses partielles, mais aucune ne correspondant à la totalité des éléments.

Il allait refermer son ordinateur quand il reçut une alerte. Il avait demandé à être informé sur tout nouvel élément en rapport avec les cambriolages. Il cliqua sur le lien.

Le portrait-robot du cambrioleur apparut. Il avait été constitué grâce au témoignage de sa dernière victime, l'octogénaire qui l'avait surpris en pleine action avant d'être agressée. Pablo resta deux bonnes minutes à fixer ce portrait, bouche bée, avant de l'imprimer et de se précipiter dans la chambre de Garance.

– Quoi ? Qu'est-ce que tu veux ? grogna celle-ci. Et puis d'abord on frappe avant d'entrer !

– Excuse-moi, mais il y a urgence. Regarde ! lança Pablo en collant la feuille sous le nez de sa sœur.

– Ben quoi ?

– C'est le portrait-robot du cambrioleur ! triompha-t-il.

Garance jeta un œil rapide au portrait.

– Monsieur Tout-le-Monde, quoi !

– Mais enfin, regarde encore ! s'impatienta son frère. C'est lui, c'est Aymeric, c'est flagrant !

Et dire que l'Éventreur avait bien failli le faire douter.

Garance prit le portrait et l'étudia plus attentivement.

– Alors ? la pressa Pablo.

– Alors… Qu'est-ce que tu veux que je te dise ? Ça pourrait être lui comme ça pourrait être n'importe qui d'autre.

– Mais non ça ne pourrait pas être n'importe qui d'autre ! Ce ne pourrait pas être Henry par exemple.

– Évidemment, Henry est noir.

– Ni M. Lenôtre.

– Pablo, il a quatre-vingt-dix ans ! Mais Aymeric n'est pas le seul homme blond-châtain âgé de trente à quarante ans, de corpulence moyenne et doté d'un visage ovale et sans signe particulier, à vivre dans la région.

Pablo soupira et replia la feuille.

– Par contre, tu viens de me donner une idée géniale, poursuivit sa sœur. Je suis sûre qu'on peut se débrouiller pour faire croire à maman que c'est lui, au besoin en brodant un peu. Comme ça, elle le fichera dehors et on sera enfin tranquilles !

Pablo contemplait sa sœur, incrédule.

– Mais enfin, s'écria-t-il, le but est de démasquer un cambrioleur, pas de manipuler la vérité auprès de maman pour te venger de lui !

D'accord il n'aimait pas le changement, mais de là à mentir à maman ! Jamais de sa vie il ne lui avait menti. Mentir à sa mère ! Le chaos total.

– Pfff, grogna Garance, qu'est-ce que tu es compliqué ! Je croyais que tu voulais qu'il parte ?

– Seulement s'il est dangereux !

Garance attrapa son tube de rouge à lèvres et s'amusa à le faire tourner entre ses doigts.

– Remarque, t'as raison, reconnut-elle. Si je raconte à maman que j'ai fait entrer à la maison un cambrioleur agresseur de vieilles dames, je suis sûre que ça va encore me retomber dessus.

L'adjudant-chef allait lui dire qu'elle était complètement inconsciente, qu'elle n'avait pas plus de jugeote que Zélie, alors que sans elle ils auraient tous été enfermés dans un foyer à l'heure qu'il était, mais ça, sa mère se garderait bien de le reconnaître ! Non, finalement, elle avait intérêt à laisser faire.

De toute façon, sa mère en aurait vite marre du clochard. À moins que ce soit lui qui finisse par se lasser d'elle le premier. Pénible comme elle était, c'est sûr qu'il n'allait pas tarder à regretter son coin de trottoir, celui-là.

Le retour de maman

Agglutinés à la fenêtre du salon, les quatre enfants Raspail observaient leur mère descendre du taxi ambulance. Elle posa un premier pied hésitant sur le bitume, puis un deuxième. Aymeric, qui était dans le taxi avec elle, se précipita à ses côtés et la prit par la taille pour la soutenir. Leur mère accrocha alors un bras autour de son cou, et ils entreprirent de parcourir ainsi les quelques mètres qui les séparaient de la maison.

– Mme Raspail ! Vous allez mieux ? les interpella Mme Auriel.

– Hum, marmonna leur mère.

– C'est bien que vous soyez rentrée. M. Aymeric va-t-il rester encore quelque temps ici ? Ce serait tellement dommage qu'il reparte si vite, piailla-t-elle.

– Comme vous voyez, Gisèle, vous n'êtes pas encore débarrassée de moi, répondit Aymeric.

– Oh, M. Aymeric, gloussa la voisine.

La porte d'entrée s'ouvrit. César se précipita pour prendre le sac de sa mère que tenait Aymeric.

– T'as faim, maman ? demanda-t-il. Je t'ai préparé des lasagnes aux champignons !

– Il t'a préparé un petit peu, rectifia Zélie. Aymeric l'a aidé.

– Pas tant que ça, dit Aymeric.

Coralie Raspail entra dans la cuisine et se laissa tomber sur une chaise. Aussitôt César lui apporta une assiette.

– Mais mon grand, il est à peine dix-huit heures ! protesta-t-elle. Je mangerai tout à l'heure. Pour l'instant j'ai juste besoin de me reposer.

– Ah, fit César, déçu.

Zélie tournait autour de sa mère, scrutant ses mains, ses jambes, ses pieds.

– Qu'est-ce qui t'arrive, mon bébé ? finit par s'étonner sa mère.

– Rien, répondit Zélie.

Elle était rassurée. Elle avait reconnu la petite cicatrice sur le mollet gauche de sa mère et les ongles tout rongés de ses deux mains. Les docteurs n'avaient pas mélangé sa maman avec les morceaux d'une autre dame quand ils l'avaient réparée. Il n'y avait que pour les pieds qu'elle n'était pas sûre, à cause des chaussures. Il faudrait qu'elle aille vérifier ce soir quand elle serait dans son lit.

– Aymeric, il va dormir dans quel lit ? demanda-t-elle.

– Le mieux serait qu'il dorme dans ta chambre, Zélie, parce que c'est celle qui est la plus proche de la mienne, au cas où je ne me sente pas bien durant la nuit, répondit sa mère.

– Ben alors moi, je vais dormir où ?

– On t'installera un matelas dans la chambre de Garance.

– Hé ! protesta Garance. Pourquoi dans la mienne ?

C'est vrai, ça, ils étaient trois, pourquoi ça tombait sur elle ? Ah c'est sûr que sa mère n'allait pas imposer Zélie à ses chouchous, l'autre grand dadais et le petit génie !

– Parce que c'est toi qui as la chambre la plus grande, lui répondit sa mère. Le matelas ne tiendrait pas dans celles de tes frères.

Deux heures plus tard ils dînaient.

Pablo passa le repas à observer sa mère. Chaque fois que les yeux de Jack se posaient sur elle, ses joues se mettaient à rosir comme des pétales à peine éclos, et son regard devenait doux comme des feuilles de pélargonium (qui, chacun le sait, ont la douceur du velours). Pablo se demanda si Jack ne l'avait pas ensorcelée. À moins qu'il s'agisse des effets secondaires des traitements qu'ils avaient dû lui donner à l'hôpital ? Statistiquement, cette seconde hypothèse était de loin la plus probable.

– Elles sont bonnes, hein, mes lasagnes ? lança César.

– Délicieuses, répondit sa mère.

– Tu sais que plus tard je veux être un grand cuisinier ?

– J'ai toujours su qu'un jour tu trouverais ta voie, mon grand.

– Mais t'as pas compris, maman, je veux être cuisinier, pas chanteur ! protesta César.

– Ta voie, pas ta voix, tenta de lui expliquer sa mère. Enfin peu importe, je suis fière de toi.

Tandis que César se redressait sur sa chaise, Garance se tassait sur la sienne. Ce n'est pas à elle que sa mère dirait des choses gentilles comme ça. Mais enfin qu'est-ce que le clochard pouvait bien lui trouver ? Parce que même si ça lui faisait mal de l'admettre, lui était mignon, si on faisait abstraction de son passé de clochard évidemment, et si on aimait le genre blond aux yeux bleus avec des faux airs de ce vieil acteur, là, comment il s'appelait déjà ? Mais si, celui qui avait adopté plein d'enfants... Ah oui, ça lui revenait, Brad Pitt, en beaucoup plus jeune, bien sûr. Par contre, elle ! Pas de gloss, même pas de rouge à lèvres, les ongles rongés, maigre comme un mannequin, mais sans toute la décoration qui allait avec et qui faisait toute la différence. Pfff... Sûrement il faisait juste semblant qu'elle lui plaise, pour pouvoir continuer de squatter ici. Parce que sinon, elle ne voyait vraiment pas.

Et de trois pour l'Éventreur !

Plusieurs jours passèrent ainsi.

Pablo avait vérifié sur Internet. Les effets secondaires des médicaments pris par sa mère à l'hôpital auraient dû se dissiper depuis longtemps. Et pourtant, ils ne cessaient de croître. Sa mère avait désormais ce petit roucoulement qui lui sortait de la gorge à chaque fois que Jack ouvrait la bouche. Et ses yeux ! Déjà, ils étaient maquillés, ce qui, de mémoire de Pablo, ne leur était encore jamais arrivé, mais ce n'était rien comparé à ces étoiles dans ses iris, qui se mettaient à scintiller dès que son regard croisait celui de l'Éventreur.

Zélie contemplait quant à elle ses poupées. Toutes avaient récupéré deux jambes et deux bras, pas toujours bien assortis, certes, mais c'était compliqué de retrouver le bon membre au milieu de tout un tas de bras et de jambes arrachés. C'était un peu comme un puzzle de deux cents pièces en trois dimensions. Son ours en peluche restait quant à lui manchot et sourd, en attendant que maman se décide à recoudre les morceaux manquants. Mais pour l'instant, maman n'avait pas le temps. Maman passait ses journées à faire des sourires à Aymeric et à le caresser avec ses yeux.

César, de son côté, après être devenu un crack en pâtes, s'était attaqué à une nouvelle montagne : les quiches ! Il existait tant de recettes de quiches possibles : à la viande, au fromage, aux légumes… sans oublier qu'on pouvait mélanger tous ces ingrédients et y ajouter des noisettes, des noix, des fruits, des aromates. Autant dire que les combinaisons étaient innombrables.

– Je suis le roi des quiches ! ne cessait-il de répéter.

Il ne comprenait pas pourquoi ça faisait tant rire Garance.

Quand elle ne se moquait pas de son frère, Garance guettait pour sa part un faux pas d'Aymeric, celui qui mettrait sa mère hors d'elle et le renverrait illico à la case trottoir. Mais à sa grande incompréhension, l'adjudant-chef semblait tout accepter du clochard. Qu'il oublie de mettre son assiette dans le lave-vaisselle à la fin du repas, qu'il passe un peu trop de temps sur Internet, alors que si elle-même avait fait la même chose, alors là, là…

Garance était en train de vérifier ses messages sur Snapchat quand sa mère la surprit.

– Je t'avais interdit de t'y inscrire !

– Mais maman, se défendit Garance, toutes mes copines le sont !

– Ce ne sont pas tes copines qui commandent ici !

C'est alors que le clochard arriva. Il rejoignit sa mère et lui caressa le dos (beurk).

– Tu sais, chérie (parce qu'il l'appelait « chérie » maintenant !), les réseaux sociaux ne sont dangereux que s'ils sont utilisés de façon imprudente. Je pense que ta fille est pleine de ressources. C'est grâce à elle que tes enfants ont échappé au placement.

Garance attendit alors, partagée entre l'espoir de voir sa mère exploser et anéantir enfin l'envahisseur et celui de la voir reconnaître qu'il avait raison. L'adjudant-chef sembla hésiter, ouvrant et fermant la bouche à plusieurs reprises, avant de lancer enfin :

– C'est vrai, Garance, tu as su prendre une décision difficile, dans une situation qui ne l'était pas moins. Il est peut-être temps que je te fasse un peu plus confiance.

Garance se pinça pour être sûre qu'elle ne rêvait pas. Sa mère venait de lui faire un compliment !

Et ce n'est pas tout, elle remit ça le lendemain, quand Garance voulut essayer une nouvelle coiffure, une sorte de chignon explosé.

– Ça te va bien, la félicita-t-elle.

Si, si. Et encore le jour suivant :

– Zélie m'a dit qu'elle avait fait un cauchemar cette nuit, merci de l'avoir consolée.

Plus de compliments en trois jours qu'en toute une vie ! Sans doute l'effet Aymeric, même si ça lui faisait mal de le reconnaître.

– Aymeric, s'il *te* plaît, *tu* peux me passer le pain ? lui demanda-t-elle le soir au dîner.

Quoi ? Non, elle ne venait pas de retourner sa veste. Non, elle ne lui mangeait pas désormais dans la main. Juste, elle savait voir où était son intérêt. Juste.

En entendant ce tutoiement, Pablo se raidit sur sa chaise. Ça y est, Jack venait de se mettre Garance dans la poche.

Il ne restait désormais plus que lui pour veiller.

Et justement, durant la nuit qui suivit, alors qu'une pluie battante s'abattait sur les Hauts Quartiers, il lui sembla percevoir le petit clic de la porte d'entrée. Pablo voulut aller vérifier, mais le sommeil le rattrapa avant qu'il ait pu se lever.

Le choix de Pablo

« Nouveau cambriolage dans les Hauts Quartiers », annonça au matin la radio. « La diffusion du portrait-robot du principal suspect en fin de semaine dernière n'a pas encore permis d'orienter la police sur une piste sérieuse… »

Les mains de Pablo se crispèrent sur son bol de müesli. Devant lui, Jack était en train de presser une orange pour sa mère. Cette dernière le couvait de son regard infesté d'étoiles.

– J'ai cru entendre le clic de la porte d'entrée cette nuit, déclara alors Pablo. C'est vous qui êtes sorti, Aymeric ?

Jack haussa les épaules.

– Non, pourquoi je serais sorti en pleine nuit ?

– Tu as dû rêver, mon lapin, intervint sa mère. Qui aurait l'idée de se promener dehors au milieu de la nuit par un temps pareil ?

– Le cambrioleur, dit Pablo.

Sa suggestion jeta un froid sur la table du petit-déjeuner.

– J'espère que c'est une plaisanterie, Pablo, lui lança sèchement sa mère. Je n'aime pas du tout ce sous-entendu.

– Hum… grogna Pablo. Je n'ai plus faim, ajouta-t-il en repoussant son bol.

Il quitta la cuisine.

– T'as même pas goûté ma quiche aux pommes ! protesta César.

Pablo alla s'enfermer dans sa chambre et s'étendit sur son lit, une grosse boule dans la gorge.

C'était la première fois que sa mère lui parlait de cette façon. Jack avait gagné, il l'avait eue, elle et tous les autres, mais lui, lui, il ne l'aurait pas. Soudain on frappa à sa porte. Pablo se redressa.

– Oui ?

Sa mère entra et vint s'asseoir sur le bord de son lit. Pablo fixa le plafond.

– Je suis désolée si je t'ai parlé un peu durement, commença-t-elle. Je comprends que ce soit difficile pour toi de voir Aymeric devenir si proche de moi, mais ça ne change rien entre nous, mon petit génie…

Elle avait dit « mon petit génie » sur le même ton qu'avant son accident, et même un peu plus tendrement encore. Pablo lâcha le plafond et se tourna vers elle.

– Je ne suis pas jaloux, tu sais. J'ai juste peur.

– Mais peur de quoi, Pablo ?

Pablo haussa les épaules. Statistiquement, quatre-vingt-seize pour cent des femmes amoureuses devenaient aveugles pendant le premier mois de leur histoire d'amour, aussi à quoi aurait-il servi de lui expliquer ?

Sa mère tendit sa main et la posa sur sa joue. Pablo ferma les yeux. Il sentit à son contact toute l'énergie retrouvée de sa mère, malgré son état de convalescence. Il rouvrit les yeux et la contempla. Elle ne lui avait encore jamais semblé aussi belle, ni aussi détendue. La crispation entre ses sourcils avait disparu, et pareil pour les deux plis aux coins de sa bouche qui venaient jusque-là froisser son sourire. En un mot, sa mère ne lui avait jamais paru aussi… heureuse.

Et dire qu'elle le devait à l'Éventreur…

C'est trois jours plus tard que Jack vint à son tour frapper à sa porte.

– Toc-toc, je peux entrer ? demanda-t-il en glissant sa tête dans sa chambre.

Pablo, qui bouquinait sur son lit, ne répondit rien. Jack entra quand même et se laissa tomber sur son fauteuil de bureau. En le voyant caresser Léon d'une main timide, Pablo se crispa.

– Tu sais que j'avais moi aussi plusieurs bonsaïs, avant ? lança Jack.

– Comme par hasard… grommela Pablo.

– Si, c'est vrai. J'avais un bonsaï érable du Japon de six ans, et un bonsaï azalée de quinze ans, une petite merveille !

– Ah oui ? Et ils sont où ? le provoqua Pablo.

– J'ai fini par les confier à un ami quand ma vie s'est effritée. Il me les rendra quand je serai prêt. Il m'a envoyé la semaine dernière une photo de mon bonsaï azalée, tu veux voir ? poursuivit-il en lui tendant son portable.

Pablo ne put résister et y jeta un œil. Un bonsaï couvert de fleurs rose vif, il n'avait encore jamais rien vu de tel.

– J'étais même membre du Club des amis des bonsaïs, poursuivit Jack. Ça faisait rire tout le monde.

– Ça n'existe pas, grogna Pablo.

– Bien sûr que ça existe. Si un jour tu veux voir, je t'y emmènerai !

Jack se leva.

– Tu sais, lança-t-il avant de quitter sa chambre, je n'aurais jamais cru que je pourrais un jour être heureux à nouveau, et tout cela, c'est à vous cinq que je le dois…

Pablo le regarda sortir. Un ami des bonsaïs, *comme par hasard*. Jack essayait de l'acheter, voilà la vérité. Bien sûr qu'il aurait aimé avoir quelqu'un avec qui partager sa passion, bien sûr qu'il en avait marre d'être seul. Jack était malin, il avait trouvé son point faible.

Oui mais… si vraiment il était sincère ? Si lui, Pablo, se trompait et gâchait bêtement cette chance-là ?

Il se leva et écarta le rideau de sa fenêtre. Dans ses veines son sang se figea. L'enseigne de la pizzeria d'en face était éteinte. En panne.

Jack l'Éventreur ou Aymeric l'innocent ?

Un grand manipulateur ou un beau-père plutôt chouette ?

Après le départ de son père, maman était tellement triste, César perdu, Garance en colère et Zélie si petite qu'il ne restait que lui pour veiller sur tout le monde. Il ne savait pas comment faire, c'est pour ça qu'il avait cherché des conseils sur Internet. Et c'est en tapant « enfant seul » qu'il avait découvert *Esprits criminels*. Il avait regardé, fasciné, cet épisode où un enfant disparaissait et où sa mère se faisait assassiner. Ça s'appelait « le voleur d'enfants ». Il avait alors six ans, il n'en avait pas dormi pendant deux nuits. Depuis il était tout le temps sur ses gardes, il voyait des menaces partout. C'était tellement lourd pour un jeune garçon de porter une famille entière, tellement lourd !

S'il faisait confiance à Aymeric, il ne serait plus seul, jamais. Aymeric serait là, il les protégerait. Et aussi il aurait un ami, un ami autre que Léon.

Mais s'il se trompait, si Aymeric était réellement Jack, cambrioleur, agresseur de vieilles femmes, ils allaient devenir quoi, s'il baissait les armes, ILS ALLAIENT DEVENIR QUOI ?

Pablo colla son front à la vitre, cherchant dans l'enseigne de la pizzeria désormais muette une réponse impossible.

Ils vécurent heureux...

Le lendemain, ils étaient attablés pour le dîner quand des coups frappés à leur porte les firent sursauter.

– On attend quelqu'un ? demanda Garance.

– J'ai envoyé ma candidature à l'émission *Top Chef*, avec un morceau de quiche au saumon enveloppé dans de l'alu, lança César. C'est peut-être eux qui débarquent tellement ils ont été impressionnés.

Les coups redoublèrent.

– Je ne peux pas aller ouvrir, je suis trop ému, lâcha César.

– J'y vais, dit Aymeric.

Mais Zélie l'avait déjà devancé. Elle revint dans la cuisine, suivie de Mme Auriel. La voisine moustachue s'arrêta sur le seuil, son regard comme aimanté par Aymeric.

– Oh, M. Aymeric, cette couleur de pull vous va tellement bien, déclara-t-elle en rougissant. Elle fait tant ressortir vos yeux.

– Oui, moi aussi je l'aime beaucoup dans ce pull, intervint Coralie Raspail, en glissant sa main le long du dos d'Aymeric.

Mme Auriel contempla cette main, interdite.

– Mais je… je croyais que… vous étiez séparés, et que M. Aymeric ne restait là que pour… bafouilla-t-elle.

– L'amour et ses mystères… lança Aymeric.

– Bon, vous étiez venue pour nous dire quoi, exactement ? demanda Garance qui avait faim.

– Je... j'étais venue pour vous annoncer une bonne nouvelle, se reprit Mme Auriel. Ils viennent d'arrêter le cambrioleur ! Je le sais par l'ami de ma cousine, qui est policier.

– Ils l'ont arrêté, vous êtes sûre ? s'écria Pablo.

– Certaine. Ils ont retrouvé chez lui les objets volés, et la vieille dame qu'il a agressée l'a formellement identifié.

Pablo sentit tout son corps se détendre d'un coup.

– Ça ne va pas, Pablo ? s'inquiéta sa mère. Tu me sembles soudain tout drôle.

– Si, si, ne t'en fais pas, ça va, ça va très bien.

Il se mit à contempler Aymeric. Il n'avait encore jamais remarqué à quel point ses yeux étaient lumineux. Comme une enseigne qui ne s'éteindrait jamais. Un phare qui veillerait en continu.

À côté de lui, Zélie prit son ourson toujours manchot et sourd et l'agita devant sa poupée reconstituée.

– Je suis content que le voleur est en prison, lança l'ourson. J'avais peur qu'il vienne me voler.

– Oh non, il t'aurait pas pris, affirma la poupée. T'es pas beau, tu fais faire atchoum à Garance, et en plus t'as qu'un bras et pas d'oreilles.

– Oui, mais maintenant j'ai un papa.

– Un faux papa clochard-cuisinier, répondit la poupée.

– Mais un papa quand même. C'est chouette, hein ?

– Un papa quand même. C'est chouette, reconnut la poupée avant d'embrasser l'ours.

Crédits

Table des matières

L'AUTRICE

Véronique Petit, tout comme César, ne peut pas passer devant un distributeur de barres chocolatées sans s'arrêter, fascinée.
Comme Garance, elle essaye de cultiver son côté rebelle. Mais comme Pablo, elle aime aussi les rites rassurants et croit aux statistiques.
Quand elle avait quatre ans et demi, elle aimait, comme Zélie, qu'on lui raconte des histoires qui font peur, avec une tendresse particulière pour l'ogre du *Petit Poucet*.

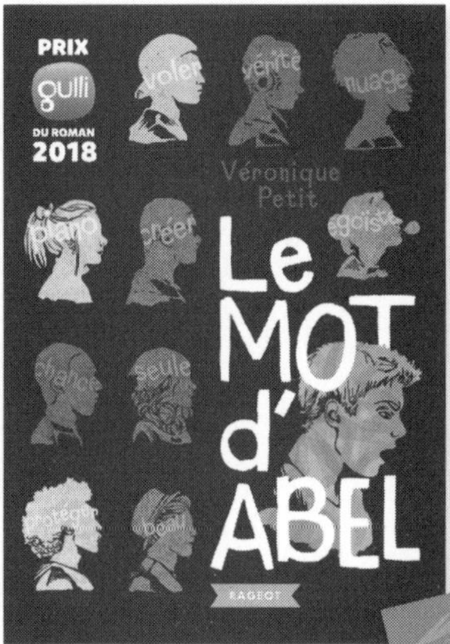
PRIX
gulli
DU ROMAN
2018
Véronique Petit
Le MOT d'ABEL
RAGEOT

VÉRONIQUE PETIT
des parents de rechange
RAGEOT

Véronique Petit
VIVRE SES VIES
RAGEOT

Retrouvez toutes nos collections
sur notre site **www.rageot.fr**

PAPIER À BASE DE FIBRES CERTIFIÉES

RAGEOT s'engage pour l'environnement en réduisant l'empreinte carbone de ses livres. Celle de cet exemplaire est de :
550 g éq. CO_2
Rendez-vous sur www.rageot-durable.fr

Achevé d'imprimer en Italie en janvier 2021
par Grafica Veneta
Dépôt légal : février 2021
N° d'édition : 7558-01